站在巨人的肩上
Standing on Shoulders of Giants

www.ituring.com.cn

站在巨人的肩上
# Standing on Shoulders of Giants

www.ituring.com.cn

# iPhone开启永远在线的时代

[美] Brian X. Chen 著

苏健 译

How the iPhone Unlocked
the Anything-Anytime-Anywhere Future—And Locked Us In

人民邮电出版社

北　京

图书在版编目（CIP）数据

苹果狂潮：iPhone开启永远在线的时代 ／（美）陈
(Chen, B. X.) 著；苏健译. -- 北京：人民邮电出版社，
2012.4
书名原文：Always On: How the iPhone Unlocked
the Anything-Anytime-Anywhere Future—And Locked
Us In
ISBN 978-7-115-27442-7

Ⅰ．①苹… Ⅱ．①陈… ②苏… Ⅲ．①电子计算机工
业－工业企业管理－商业模式－经验－美国 Ⅳ．
①F471.266

中国版本图书馆CIP数据核字（2012）第033588号

## 内 容 提 要

本书介绍了苹果应用商店对于当今及未来商业模式的深远影响，深入探讨了苹果公司垂直整合的商业模式及其利弊，以及持续联网的移动体验对于社交、教育、医疗、执法、工作方式及人类自身记忆力、思维能力、写作能力等的影响。最后，本书分析了持续联网世界中的隐私状况。

本书适合移动开发人员以及关注 iPhone 及移动设备发展动向的人阅读。

### 苹果狂潮：iPhone开启永远在线的时代

◆ 著　　　　　[美] Brian X. Chen

　　译　　　　　苏　健

　　责任编辑　　明永玲

　　执行编辑　　毛倩倩

◆ 人民邮电出版社出版发行　　北京市崇文区夕照寺街14号
　　邮编　100061　电子邮件　315@ptpress.com.cn
　　网址　http://www.ptpress.com.cn
　　北京铭成印刷有限公司印刷

◆ 开本：700×1000　1/16
　　印张：11
　　字数：173千字　　　　　　2012年4月第1版
　　印数：1–5 000册　　　　　2012年4月北京第1次印刷
　　著作权合同登记号　图字：01-2011-5240号

ISBN 978-7-115-27442-7

定价：39.00元

读者服务热线：(010)51095186转604　印装质量热线：(010)67129223
反盗版热线：(010)67171154

献给 Rachael。

# 致　谢

我曾指出过，我们生活在一个非常特殊的时代，数据和技术能够在极其广泛的领域帮助我们，但是如果没有这么多朋友和同事的帮助，我是绝不可能完成本书的。

首先，感谢 Megan Geuss 辛勤的审校，若没有她的帮助，本书根本无法付诸印刷。

David Fugate 是我在 LaunchBooks 公司的代理人，非常感谢他帮助我将这么个错综复杂的话题细细琢磨，化为切实可行的图书出版建议，并且感谢他在本职工作之外仍不遗余力地帮助我。

多谢我在 Wired.com 的同事，感谢他们在我创作"年度之书"时无尽的支持和耐心，他们是 Dylan Tweney、Betsy Mason、Amy Ashcroft、David Kravetss、Jon Snyder、Evan Hansen、Michael Calore、Ryan Singel 和 Erik Malinowski。

特别感谢作家 Leander Kahney。要不是他在《连线》的编辑部里坐了一整天，我也不会有编写本书的念头。另外，多谢 Rana Sobhany、Phillip Ryu 和 Alexis Madrigal 在我埋头创作时的鼓励和指导。

从头至尾一直在身边支持我的朋友，我爱你们。他们是 Pamela Wong、David Lee、Peter Hamilton、Peter Nguyen、Tracy Young、Debra Kahn、Heather Kelly、Rachael Bogert、Rosa Golijan、Rose Roark、Andreas Schobel、Alex Krawiec、Amy Zimmerman、Jenn de la Vega、Stephanie Hammon 和 Deborah Feuer。

此致，停笔。

# 目　　录

# 开 篇 语

那是一个周五的傍晚，如往常一样，我跟朋友约翰和拉纳约好 6 点一起共进晚餐。约翰发来一条短信，建议去阿尔伯斯，那是一家坐落在旧金山太平洋高地的波斯餐馆，我从没去过。时钟指向了 5:45，我走入电梯，启动了 Taxi Magic（魔法出租车）应用程序。我点击了"订车"按钮，应用程序显示，有一辆出租车正驶向这里，离《连线》总部大约半英里。另外，我还获知司机的名字叫做拉杰·S.，车费预计 12 美元。

在人行道上等拉杰时，我打开了 Yelp 应用程序，查询了阿尔伯斯的地址：范内斯大道 1245 号，在萨特大街与黑穆洛克大街之间。5:48 了，我一抬头，看到一辆出租车停在了面前。这简直太神了，我暗想。

"嘿，拉杰。"我边打招呼边拉开了车门。他看上去有些烦躁。"带我到范内斯与萨特大街的路口好吗？"

"当然可以，老大。"他说，略带一些印度口音。

我的手机响了。是拉纳的短信，她说要晚到几分钟（拉纳总是这样）。"没关系。"我回复了她。

"你在哪儿工作？"拉杰问。

"哦，我给《连线》写稿，那是一种技术杂志。"我咂着嘴说。

"《连线》！"他说，"我特喜欢《连线》！就是说，你有机会玩很多超酷的玩意儿，是吗？"

"有时候会。实际上，我主要负责苹果公司的事儿，所以写了许多关于 iPhone 的文章。这很有意思，从宏观层面上写一写这种技术对我们生活的影响。"

拉杰的语气变了。"好吧，这事跟你说正合适，能跟你聊聊吗？"

我按下了 iPhone 的电源按钮，让它进入了睡眠模式。"什么事？"

"我觉得太不可思议了，iPhone 居然改变了一切，技术为我们做了很多令人难以置信的事儿。但请你想想：它让我们变得比过去任何时候都更蠢了。"

我笑了起来："说下去。"

"我是说真的！它让我们变成了傻瓜。我们依赖于种种技术来了解什么东西在哪里、该到哪里吃饭。离开技术我们几乎就没法活了。人们正变得越来越厌恶社交、越来越自私。这些问题全都是我们自己制造出来的。糟糕的信号、超贵的手机费。这些都不真实！"他接着说，"现在想一想，亚米西人才是这个星球上最聪明的人。"

我笑得更欢了，问："真的吗？"

拉杰继续解释说，他目前正在努力成为旧金山州立大学的社会科学助理教授，他研究亚米西人已经很多年了。他说亚米西人到了 16 岁就可以离开他们的社会，到我们这个"现代世界"中体验性、毒品、酒和高科技。这是他们的一项传统，称为"游历"（rumspringa）。年轻的亚米西人可以决定是接受亚米西教堂的洗礼，还是放弃亚米西的生活而融入我们的社会。

"他们中有 95% 的人会回归亚米西的生活，"拉杰说，"你知道这是为什么吗？"

"嗯，我想是因为人们更容易被习惯了的事物所吸引吧。"我回答道。

"这当然没错，不过他们所习惯的生活方式比我们的更加有益于身心健康。"他说，"他们对于技术的依赖极少，所以拥有真正的人类技能和知识。而且他们有着真实的联系、真实的爱，甚至连面临的问题都是真实的，因为他们的交流并不需要通过那些数字壁垒。"

绿灯亮了，范内斯大道与萨特大街路口到了。我在 iPhone 上键入了 3 美元，然后点击"支付"按钮，给拉杰支付了小费，接着听到出租车的计价器打印出了收据。"嘿，你的大部分观点我都不敢苟同，要是时间再长一点我会跟你辩论一番的。不过，你那些有关我们所丢失的东西的话挺有意思的。我还要再好好琢磨琢磨。"

"亚米西人，"拉杰重复道，"真的，研究研究吧。"

我一边向拉杰道谢，一边关上车门走开了。正好 6 点整，我在阿尔伯斯餐馆里见到了约翰。在等拉纳时，我点了一瓶卡勃耐，跟约翰说起了我与拉杰间的对话。

"这真是一派胡言。"他说。约翰是位 41 岁的 iPhone 软件开发者，他说话向来口无遮拦。"有好多亚米西人都用手机，可见他们全都是伪君子。"

我轻声笑了起来，说："显然，他只是一概而论，要是路程再长 30 分钟，就不会这么荒谬了。不过，从另一方面讲，我们所丢失的东西肯定值得深思，对吧？"

确实如此，那晚之后的几个月里，我花了很多时间与朋友和技术专家交流，谈论我们在未来 iPhone 时代的所得与所失。作为《连线》网站的一名技术新闻记者，我每天都要写一篇故事讲述 iPhone 与受其启发的其他技术是如何改变世界的。但是，为什么不进一步深入下去呢？iPhone 和永远在线的小玩意儿的作用如今显而易见。比这更吸引人的问题是，所有这一切对未来意味着什么？这种现象将如何改变社会和商业？我们的世界在几年后会是什么样子？也许更加重要的是，这种变革是如何塑造我们每一个人的？

我意识到，其正面效应有多令人着迷，其负面效应就有多令人担忧。iPhone 引入了应用商店（App Store），让你能够立刻下载并使用新的应用程序增加手机功能。只需点击"下载"按钮，你的 iPhone 就可以变成一支长笛、一台医学设备、一台高清收音机、一把吉他调音器、一台警用无线电扫描器，以及其他 40 多万种各式各样的"东西"。依靠 iPhone 和应用商店，苹果打开了我称为"3A 未来"（其中"3A"是指任何事情、任何时间、任何地点的体验）的大门，这对于一切事物都有着深远的影响。如果能够在任何地点访问数据，那么我们在教室中学习的方式以及就医的方式、打击犯罪的方式、报道新闻的方式和做生意的方式都将必然发生变化。

对个人而言，iPhone 正在将人类转变为一种永远就绪的全知生物。即便没有接受过医学训练，一个拥有 iPhone 的人也能够利用急救应用学习如何在紧急状况下处理受害人的伤情。（实际上，海地地震中就有一位受难者使用一款 iPhone 医学应用自行处理了伤口，最终与死神擦肩而过，成功地活了下来。①）同样是凭借 iPhone，人们能够使用实时交通监测应用找出抵达某个目的地的最快路径。数据已经变得与我们的生活如此密不可分，它正在强化我们应对现实世界的能力。因此，物理世界和数字世界正在合并，将我们转变为一种超级连通的生物，这正是我们一直梦寐以求的。而且，只需要一部"手机"就能将整个产业推向这个方向。

在商务世界中，这带给消费者的利益是非常明显的。iPhone 改变了我们对技术的期望标准，因此同样的钱现在一定能从商家那里换得越来越多的东西。我们不想用 7 部设备来执行 7 种不同的任务，我们希望一部设备就能够给我们带来"任何事情、任何时间、任何地点"的联网体验。很快，生产商就将无法销售没有网络连接的单一功能的设备，因为这些东西行将过时。结果，一大批公司和产业将会感觉到威胁，因为几乎任何一款单用途产品都可能被一款下载下来的应用轻易取代。

不过，无论"任何事情、任何时间、任何地点"的生活方式听上去有多么理想，让苹果这家特别有控制欲的公司来引领这一变革都让人忧心忡忡。苹果不仅控制着 iPhone 硬件的生产，还监督着出现在其应用商店中的一切。苹果可以对任何应用随意认证、拒绝或者中途变卦。这简直就如同微软不仅卖给你 Windows，而且还拥有每一台计算机和每一家卖计算机的商店，并且控制着任何想要销售计算机软件的开发者。这为审查机制树立了一个糟糕的先例，它会扼杀革新、制造同化。当技术变得与生活越来越密不可分时，这种对数字体验进行单一控制所带来的影响会威胁我们的创作自由。

另外，我们还必须考虑到为了换取"任何事情、任何时间、任何地点"所带来的不可思议的好处，我们被迫放弃了多少个人权利。我们越是将个人生活融入到数字媒体中去，就越是会不可避免地失去更多的隐私。商务应用所拥有的有关

---

① 布莱恩·陈（Brian Chen），"掩埋在海地地震废墟中的人利用 iPhone 处理伤口，成功获救"（Man Buried in Haiti Rubble Uses iPhone to Treat Wounds, Survive），《连线》网站，2010 年 1 月 20 日，http://www.wired.com/ gadgetlab/2010/01/haiti-survivor-iphone/。

我们个人生活的信息比过去任何时候都多。而且，公民基本权利的行使并没有跟上高科技快速发展的脚步。例如，警官有权在"合理怀疑"的前提下收缴我们的手机并查阅我们的个人信息。[①]

不仅如此，当你一遍一遍查看 Facebook、接听手机来电、发送短信和电子邮件后，绝对有必要照照镜子并扪心自问："iPhone 中的'i'到底指什么？"也就是说，在遭到这些数据的狂轰滥炸之后，"我"自己变成了什么样？（其实我在办公室里埋头于电脑前撰写本书的一年时间里，就经常问自己这个问题。）我们是不是真的就像拉杰所说的那样，变得越来越愚蠢了？结果，答案要比拉杰所想的更为复杂。

不要搞错了，以上所有的言论都绝非仅仅针对 iPhone。每个人都在复制苹果封闭、垂直的商业模式，希望也能够复制出 iPhone 的成功。每家主流智能手机制造商都发布了 iPhone 的克隆机型和自己的应用商店，而且它们的基本模式（即垂直控制）都大致一样。苹果的影响力甚至扩散到了智能手机市场之外。电视制造商已经开始销售连网的电视，并且带有应用商店，而福特很快将会发售带有应用商店的汽车，它们都有一个相同的目标，那就是将消费者陷入它们的产品线中。[②]多亏了 iPhone，商业的未来看起来是垂直模式的。我们的产品将让我们能够做比过去更多的事情，因为只要点击"下载"按钮，它们的功能就可以得到扩展。但让如此有影响力且采用垂直模式的公司获取如此巨大的控制权，我们不得不放弃部分个性、创作自由，并不可避免地丧失部分隐私。

显然，任何时间、任何地点做任何事情的未来是不可避免的，因为它正影响着我们生活的方方面面，而且那将是一个非常美好而刺激的时代。如今，在因特网上数十亿的想法面前，印刷作品无可救药地显得能力有限，而我仅仅是想通过这本书对未来进行实事求是地描绘。在这个过程中，我得到了很多智者的帮助，他们都是我曾经采访过的技术行业中的思想者、革新者和研究人员。让我们一起来探索永远就绪的意义吧！

---

① 亚当·M.葛肖维兹（Adam M. Gershowitz），"iPhone 迎来第四次修订"（The iPhone Meets the Fourth Amendment），2008 年 1 月 15 日，http://ssrn.com/abstract=1084503。

② 查克·斯夸齐格利亚（Chuck Squatriglia），"福特将智能手机应用带入汽车仪表盘"（Ford Brings Smartphone Apps to Your Dashboard），《连线》，2010 年 4 月 20 日，http://www.wired.com/autopia/2010/04/ford-sync-applink。

# 第 1 章

# 追 求 完 美

iPhone 把所有人都愚弄了。就连史蒂夫·乔布斯在 2007 年介绍这款没有键盘的玩意儿时都不怎么清楚他手中拿着的到底是什么。

"今天，我们将要介绍 3 款革命性的产品，"乔布斯在 Macworld Expo 的主题演讲中说道，"一款 iPod、一款手机，以及一款因特网通信设备。一款 iPod、一款手机……"

他停顿了一下。

"你们听明白了吗？这并非 3 台独立的设备。这只是一台设备。我们叫它 iPhone。"①

只是 3 种东西吗？讨巧地说，当我撰写本文时，iPhone 已经集数十万种东西于一身了，而且它的功能还在不断增加，这都多亏了"应用"，它们为这款手持设备平添了无穷无尽的功能。iPhone 不仅仅是一款网络浏览器、一款手机和一款 iPod，而且还是狙击手的弹道计算器、市场行家的条形码扫描器、音乐人的吉他调音器、摄影爱好者的照片编辑器，以及其他许多许多东西。

在很多方面看来，iPhone 都是首款几乎实现了我们对于完美之物的梦想的装置——一机在手，万事不愁——就像至尊神探迪克·特雷西的无线电通信手表，或者詹姆斯·邦德那部可以开锁和扫描指纹的手机一样。这样一款设备的吸引力

---

① 2007 年 1 月 9 日于旧金山举行的 Macworld Expo 大会，作者出席了此次会议。

是无法抗拒的，它那小巧的机身已经无关紧要，而应用成了它的主人所需要的一切。

但是，iPhone 在发布的第一天，看似对于竞争对手来说并不构成什么威胁（至少他们当时是这么说的），直到后来苹果才掀起了这样的一阵狂潮。虽然苹果把一款富网页浏览器、一款最先进的地图应用程序和一款重制的 iPod 媒体播放器都塞进了 iPhone 之中，但是很多竞争对手的手机也都提供了类似的功能。不仅如此，iPhone 刚上市时的价格高达 500 美元——功能少，价格高，这就是当时评论家们的说法。

"这是世界上最昂贵的手机，而且由于它没有键盘，故而不是一台很好的电子邮件收发机，因此并不能吸引商务用户，"微软的 CEO 史蒂夫·鲍尔默在 2007 年 1 月接受 CNBC 采访时说，"我，我大致看了看它，我觉得，嗯，我还是更喜欢我们的战略。我非常喜欢。"[①]

也许当乔布斯介绍 iPhone 时，微软的鲍尔默遗漏了一个更关键的地方。比这款手机本身意义更为重大的是隐藏在其背后的商业行动。乔布斯秘密地与 AT&T 协商，并签下了一份在美国的独家运营合约，而在当时他都没有向该运营商展示过这款手机。这是前所未有的：按理说应该由移动运营商和制造商来决定手机需要具备的功能，然后他们会向操作系统开发商发出一系列严格的指示。但是，乔布斯在亲自督阵 iPhone 的设计和体验之后，从运营商那里抢得了控制权，而苹果就此成功改写了无线领域的游戏规则。结果，苹果就能够紧紧掌控 iPhone 的操作系统和硬件的设计，让用户可以享受为他们量身定做的移动体验，而不再对运营商言听计从。

在 iPhone 的余波之下，到了 2009 年的第三季度，微软相比上一年第三季度已经失去了 Windows Mobile 近 1/3 的市场。[②]面对这惨淡的数据，微软之后只得

① DaringFireball 网站，2007 年 5 月 1 日，约翰·格鲁伯（John Gruber），"iPhone 可笑的价格"（The iPhone's Funny Price），http://daringfireball.net/2007/05/iphones_funny_price。
② ZD Net UK，2009 年 11 月 13 日，戴维·迈雅（David Meyer），"Windows Mobile 失去了 1/3 的市场份额"（Windows Mobile Loses a Third of Market Share），http://www.zdnet.co.uk/news/networking/2009/11/13/windows-mobile-loses-nearly-a-third-of-market-share-39877964。

承认了 Windows Mobile 的弱点。同时，苹果的 iPhone 平台则迎来了良好的增长态势，市场占有率从 12.9%提升到了 17.1%。而到了 2010 年年底（此时苹果已经售出了 7350 万部 iPhone[①]）微软急切发布了它的应对法宝——Windows Phone 7，这款操作系统运行在，你猜对了，多点触控的手机上且有些还不带键盘。在撰写本文时，虽然 Windows Phone 7 已经在 2010 年年末发布了，但微软在智能手机的赛场上依然只是一条小鱼。这家软件公司甚至还和诺基亚这个同样因为没有及时应对 iPhone 所引发的变革而节节败退的巨头建立了合作关系，共同制作手机，希望能够迎头赶上。评论家们并不确定这样的联盟是否能扭转局势，因为第一部运行 Windows 系统的诺基亚手机要到 2012 年才能上市。[②]

由于不受运营商影响，iPhone 的触摸屏体验对消费者非常友好，但这只不过是让 iPhone 成为大热点的第一个原因而已。苹果在 2008 年 7 月发布了第二代 iPhone，标价为 200 美元，并且引入了一个蓝色的泡泡图标：应用商店。应用商店是一款杀手级的应用，让苹果一跃领先于所有的竞争对手。

应用商店在这一领域弹奏出了几个独特的音符。它让 iPhone 的用户可以访问由全世界开发者编写的丰富的第三方应用资源。在上线首日，应用商店上就发布了 552 款应用[③]。到 2011 年，应用商店的应用数量累计已经超过了 40 万款。[④]由于提供的应用能够满足各种需求，苹果之前发售的那一款设备有可能取代你想要购买的任何一款硬件设备。

---

① Wired.com, 2011 年 2 月 11 日，查理·索罗（Charlie Sorrel），"诺基亚抛弃塞班，与微软合作迈向 Windows Phone 7"（Nokia Kills Symbian, Teams Up with Microsoft for Windows Phone 7），http://www. wired.com/gadgetlab/2011/02/microsoft-and-nokia-team-up-to-build-windows-phones/。

② 格雷格·肯普帕雷科（Greg Kumparek），"上一季度苹果售出 1410 万部 iPhone，自发售以来共销售超过 7000 万"（Apple Sold 14.1 million iPhones Last Quarter, Over 70 Million since Launch），MobileCrunch, 2010 年 10 月 18 日，http://www.mobilecrunch.com/2010/10/18/apple-sold-14-1-million-iphones-last-quarter-over-70-million-since-launch/。

③ 迈克尔·阿林顿（Michael Arrington），"iPhone 应用商店已经发布"（The iPhone App Store Has Launched），TechCrunch, 2008 年 7 月 10 日，http://techcrunch.com/2008/07/10/app-store-launches-upgrade-itunes-now/。

④ 贺拉斯·德迪乌（Horace Dediu），"苹果在 2.5 年内接受了近 400 000 款应用"（Apple Has Accepted Nearly 400,000 Apps in 2.5 Years），asymco, 2010 年 12 月 27 日，http://www.asymco.com/2010/12/27/apple-has-accepted-nearly-400000-apps-in-2-5-years/。

iPhone 带来的一个现实情况是：我们有可能在任何时间和任何地点得到我们所需要的任何东西。而结果就是，一切都改变了——从人们进行社交互动的方式到学生在课堂中学习的方式，从我们完成工作的方式到公司制作产品的方式。

你一定想知道是什么让 iPhone 和应用商店如此特别。iPhone 是如何提供"任何事情、任何时间、任何地点"的体验呢？这不正是因特网数年来承诺为我们实现的梦想吗——无论何时何地，都能带给我们想要的任何数字化的东西？

结果，网络不足以做到这一点——也可以说，它做过头了。这取决于你如何看待它。

## Web 之路

因特网经历了许多年，已经演变成了一个庞大的核心，它承诺可以让我们按需访问所有类型的数据。在这一承诺的实现上，它是无可指摘的。问题在于因特网提供的信息过多，而浏览器也太笨。我们如今拥有的数据太多了，都不知道该如何利用它们。因此，这如同宇宙一般持续扩张的因特网实在是太过庞大了，仅凭搜索引擎和网页代码，远远无法按我们需要的方式将这些数据整合到我们的生活之中。

浏览器成为了一个笨重的界面，不过情况并非一直如此。20 世纪 90 年代，因特网浏览器正处于革新大爆发的中央地带，当时各大公司正在网页市场的主导权上一决雌雄。[①] 由吉姆·克拉克（Jim Clark）和马克·安德森（Marc Andreessen）领头的网景（Netscape，开始叫做 Mosaic 公司）公司依靠通过"扩展"的形式呈现的动画、音频和视频之类的当时全新的 HTML 性能一马当先，当时的开发者以不可思议的速度大量开发了那些"扩展"。直到 1995 年，网景已经占据了 80% 的

---

① "计算机和信息系统"（Computers and Information Systems），大英百科全书在线（Encyclopedia Britannica 在线），http://www.search.eb.com/eb/article-91786。

浏览器市场。如果你当时在网上冲浪的话，用的很有可能就是网景。[①]当然了，对这样庞大的数字产生了兴趣的不是别人，正是微软，为了挑战网景，它发布了自己的浏览器——Internet Explorer。虽然微软落后了几年，但是由于一个主要特点（Internet Explorer 从一开始就是免费的），它很快就赢得了极高的市场占有率。

网景和微软在 1995 年和 1996 年间把主要精力都投入到了它们的浏览器中，发布了一个又一个的更新、一个又一个的测试版。当这两个浏览器都进入了第四代时，微软这个巨人终于迎头赶上，踩在了网景头上。网景于 1998 年消亡了，后来重生为 Mozilla——一个自由、开源的平台。[②]这对于网景的粉丝来说是个好消息，但是许多技术专家都一致认为，微软的胜利使网页标准的发展速度大幅下降了。微软和网景竞争的动机终究不是为了改革网络，而是想占据前沿领域，避免落人之后——历史证明这是微软一向的做法。但是，网页浏览体验在 Netscape 1.0之后就再也没有发生过本质的变化了。

在之后的数年内，浏览器领域几乎没有发生任何革新。在新版本的 Internet Explorer 中，微软将关注点放在了安全功能上。直到很久以后，火狐（Firefox）在 2003 年的首次露面才让我们看到浏览器的一些变化：第二代火狐提供了扩展（或称插件），它允许任何程序员通过创建新的实用程序来强化人们的浏览体验。但是在这之后，浏览器的革新就进入了平稳时期——即使是在 2008 年 Firefox 3发布时，Mozilla 高调宣称为重大"革新"的"智能地址栏"（当在地址栏中开始输入时，它可以自动寻找过去访问过的站点）也是一样。浏览器的革新开始停滞不前，相比我们用于在网上冲浪的计算机的快速发展，浏览器体验的进化显得非常缓慢。

---

① 吉利安·魏（Gillian Wee），"无法赢取用户，网景宣布倒闭"（Netscape to Be Shut Down Afer Failing to Win Users），2007 年 12 月 28 日，http://www.bloomberg.com/apps/news?pid=newsarchive&sid=a. QrjKUdHrrQ&refer=us。

② "网景通信公司"（Netscape Communications Corps.），大英百科全书在线（*Encyclopedia Britannica* 在线），2010 年 8 月 19 日，http://www.search.eb.com/eb/article-92983。

火狐的最初创造者之一，现在供职于 Facebook 的乔·休伊特（Joe Hewitt）这样叙述道："在五六年前，网络技术的发展完全停止了。在过去 10 年的大部分时间里，它都没有任何进展，直到 2008 年情况才有所改善。浪费的那 6 年时间到现在还依然在让我们还债。"他接着说，"而与此同时，苹果却在一个这些公司曾经有能力占据的平台上推广着这种应用商店的模式。他们每年都能给这个平台增加大量新东西。"①

但是在我们谈及移动应用之前，可不能把搜索引擎给忘了。搜索是一个非常重要的工具，它让网络的可用性呈指数上升，而且取得了长足的进展。因特网曾经是高校科研人员、技术专家和军方专用的，所以寻找信息在当时毫无挑战性。然而，1993～1996 年，因特网有了大规模的急剧发展，从 130 个站点增加到了 60 万个以上。②搜索的难度不断积累，成为了一个漫长而艰难的问题，而这个问题将由 Alta Vista、雅虎（Yahoo），以及后来的谷歌（Google）来解决。约翰·巴特尔（John Battelle）是《连线》的合作创始人，也是《搜》（*The Search: How Google and its Rivals Rewrote the Rules of Business and Transformed our Culture*）一书的作者，他对复杂难解的因特网问题进行了极为恰当地总结："这种庞大性导致了另一种网络盲目性：我们知道存在着某样我们也许想要寻找的东西，但是却不知道该如何去找的这样一种感觉。于是我们抱着这东西会通过某种方式找到我们的希望，开始了搜索。"③

曾经，马修·格雷（Matthew Gray）的"流浪者"（Wanderer）在网络上"爬来爬去"，给它所发现的每一个站点建立一个索引，而如今搜索已经从这个机器人软件进化成了谷歌的大规模超文本网页搜索引擎。谷歌最终凭借其评分算法在这场搜索游戏中击败了 AltaVista 和 Excite，获得了胜利。这种算法起源于拉里·佩奇（Larry Page）和谢尔盖·布林（Sergey Brin）在斯坦福大学带领的一个叫做

---

① 乔·休伊特 2010 年 7 月 14 日接受作者采访。

② 马修·格雷，"对网络增长的观察：1993 年 6 月至 1995 年 6 月"（Measuring the Growth of the Web: June 1993 to June 1995），马萨诸塞州技术学院（Massachusetts Institute of Technology），1995，http://www.mit.edu/people/mkgray/growth/。

③ 约翰·巴特尔，*The Search: How Google and its Rivals Rewrote the Rules of Business and Transformed Our Culture*，纽约，Portfolio 出版社，2005。

BackRub 的计算机科学项目。这二人所关注的不仅仅是链接行为，也注意到了回链行为。佩奇和布林发现在研究了有多少个站点回链某个特定站点以后，我们就可以对这个站点的重要性进行评分——这就同学术论文在被其他学术论文引用以后会得到更高的可信度类似。[①]而且不仅如此，BackRub 还会将链接到某个站点的所有站点的评分考虑进去，再来判定前者的评分。所以，谷歌并不是仅仅根据字符串一股脑地给出所有搜索结果，而是会基于某种聪明的数学算法，根据这些结果的重要性对其排序。

让谷歌比竞争对手们显得老练得多的就是这种算法，但这些还只是初级阶段。现在搜索已经非常强大而实用，但搜索的问题依然只解决了一部分。谷歌的工程副总裁伍迪·曼波（Udi Manber）认为搜索的问题只解决了 5%，而这正是搜索技术的天性：搜索在找出答案的同时，永远都会提出新的问题。[②]

当转向移动网络时，又出现了一个新的问题：搜索是为家用计算机或者办公计算机建立的工具，而家中和办公场所基本上就是我们使用搜索最多的地方了。"搜索流量在早上会增加，在傍晚又会迎来一个高峰，因为我们在那个时候全都打开了电脑，搜索电影票、家政服务，或者搜索本地的水管工来修理漏水的管道。"巴特尔写道。[③]

那么，当我们走路、开车，或者在实体商店里购物时又如何呢？突然之间，原来的平衡就被打破了。在户外或者路上时，搜索行为就会不可避免地被较低的连接速度和智能手机的小屏幕严重影响。而且，搜索依然是一种多步操作：在查询框中输入、进行搜索、选择某个页面，然后加载内容。对于移动体验而言，搜索完全不够理想。虽然搜索这一工具极大地改善了计算机上的网页浏览体验，但

---

① 谢尔盖·布林和劳伦斯·佩奇，"剖析大规模超文本网络搜索引擎"（Anatomy of a Large-Scale Hypertextual Web Search Engine），斯坦福大学，1998，http://infolab.stanford.edu/~backrub/google.html。

② 约翰·巴特尔，*The Search: How Google and its Rivals Rewrote the Rules of Business and Transformed Our Culture*，纽约，Portfolio 出版社，2005。

③ 约翰·巴特尔，*The Search: How Google and its Rivals Rewrote the Rules of Business and Transformed Our Culture*，纽约，Portfolio 出版社，2005。

是对于智能手机所开辟的永远在线的生活方式来说，还有许多地方可以改进。在移动体验方面，搜索还不够智能，而这正是苹果试图通过原生应用改善的主要部分。

更糟糕的是，当网页浏览器进入智能手机时，其性能会更差。它们无法支持我们在计算机上多年以来习以为常的许多富网页功能。由于这些限制，网页开发者都会减少其移动版站点的功能，甚至都懒得去做移动版本。针对这一情况，苹果在首款 iPhone 中史无前例地引入了富 HTML 移动浏览器，这是一个重大举措，因为它激励了许多网页开发者为 iPhone（以及那些仿制品）重新设计站点，接着移动网络就很快成熟了。

"让移动网络的可用性得到了无限提高的正是移动版 Safari 和 iPhone。"我的同事迈克尔·卡洛雷说，他是 Wired.com 网站 Webmonkey 板块的编辑，多年来研究并报导网络领域的相关内容。他说，"在那之前的动因主要都是功利主义，或者只是新鲜感而已。"[①]

当乔布斯在 2007 年宣布开发者可以为 iPhone 编写网络应用时，这听上去是个好消息。但是光有一款富网页浏览器和一款可以运行网络应用的操作系统还不够，几个月以后，还是几乎没有多少人编写网络应用。这是为什么呢？因为在这方面赚不到什么钱——在网络上或者在浏览器中没有一个有凝聚力的商业平台能让网页应用成为盈利的商机。（编程爱好者们在试水无足轻重的共享软件市场时，就已经从失败中吸取到这一教训。）

为让 iPhone 平台与众不同（并且具有竞争力），苹果需要招募一些开发者来制作第三方应用。说到底，这就是微软锁定其在桌面操作系统领域统治地位的一个手段：绝大部分软件开发者都为 Windows 而非 Mac 制作游戏和应用。苹果需要为 iPhone 召集开发者，而为了做到这一点，苹果必须提供一点刺激。

乔布斯对此了然于胸。

---

① 迈克尔·卡洛雷 2010 年 8 月 8 日接受作者采访。

## 有效的商业模式

"那如果你是一名开发者，你已经在一款令人惊叹的应用上花了两个礼拜，也许更长的时间，你有什么梦想吗？"在 2008 年 3 月，激情洋溢的乔布斯对着苹果总部会议室中满座的软件开发者和记者说道，"你的梦想就是把它呈现在每一位 iPhone 用户的面前。今天我们还做不到这一点。大部分开发者都没有这样的资源，即便是大牌开发者要将应用送到每一位 iPhone 用户面前都要经历百般曲折。而我们，就是要解决这个困扰每一位无论是新手还是大师的开发者的问题。"[①]

乔布斯挥动手臂的幅度非比寻常——这令人想起韦利·旺卡[Willy Wonka，金·怀德（Gene Wilder）饰演]热情招呼人们走进其巧克力工厂的情景。很明显，他激动万分。

"我们的方法是采用应用商店，"他说，"这是我们所编写的一款将应用发送到 iPhone 上的应用程序。而且，在下次发布软件新版本时，我们将把它置入每一部 iPhone 之中。这样一来，我们的开发者们就可以通过应用商店接触到每一位 iPhone 用户了。我们将使用这种方式将应用发布到 iPhone 上。"

这的确有效。开发者真的赚到了钱，只不过有的人赚得多，有的人赚得少。还有一些人甚至一夜暴富：2008 年 9 月，独立程序员史蒂夫·德莫忒尔（Steve Demeter）称，他在短短两个月里凭借其益智游戏 Trism（重力方块）赚到了 25 万美元，这款游戏的单价为 5 美元。也许，在德莫忒尔的经历中最诱人的部分就是 Trism 成为了"独立游戏"的典范：他几乎完全凭一己之力做出了这款游戏，期间仅花 500 美元请了一位设计师帮了个忙，最后通过 Twitter 和其他的社交网络工具自行发布了这款游戏。

作为一名收入不高的记者，一看到德莫忒尔拿出来向我证明其成功的银行对账单，我就惊呆了。在那个月月末，有一笔高达 9 万美元的进账，对方正是苹果。

---

① 作者参与了此活动。

德莫忒尔炫耀道，最棒的一点在于他根本就没有想要赚钱。

"我真的没有考虑过钱的问题，"德莫忒尔告诉我，"我收到了一封电子邮件，我猜那是一位约摸 50 岁的女士发来的，她说：'我并不常玩游戏，但是我非常喜欢 Trism。'这就是我制作游戏的动力。"[①]

德莫忒尔成了应用传奇的宣传代表。苹果尽一切可能利用 Trism 的成功，在媒体报道中强调它的热卖，甚至还拍了一部纪录片，在发布会上播放。

6 个月后的 2009 年 1 月，一个更加成功的例子出现了，独立程序员伊桑·尼古拉斯（Ethan Nicholas）超越德莫忒尔，在 1 个月内凭借坦克火炮类游戏 iShoot 赚取了 60 万美元。尼古拉斯的故事要比德莫忒尔的更具传奇色彩。当时他是 Sun 公司的工程师，在轮班之余，他一手抱着年仅 1 岁的儿子，另一只手则编写程序，每天在 iShoot 上钻研 8 小时。因为没有多少闲钱去买书来学习如何编写 iPhone 应用，所以他是通过浏览网站内容自学成才的。

当 iShoot 在 10 月刚刚发布时，销售状况在一段时间内并不乐观。接着，尼古拉斯就挤出了些空闲时间，编写了这款应用的一个免费版本——iShoot Lite（iShoot 精简版），并在 1 月发布。接下来，他的策略便是在 iShoot Lite 中给售价 3 美元的完整版 iShoot 打广告。免费版本被用户下载了 240 万次，并且吸引了 32 万对 iShoot Lite 持满意态度的玩家为 iShoot 买单。这款游戏一跃成为冠军，而且霸占这个宝座长达 26 天。就在 iShoot 荣获冠军的那天，尼古拉斯辞掉了他的工作。

"虽说下个月我不能成为百万富翁，但是如果到今年年末我都还没有成为百万富翁，那可真是太不可思议了，"当 iShoot 还稳坐头把交椅时，尼古拉斯对我说道，"要不是缴了税，我现在就已经是百万富翁了。"[②]

---

① 布莱恩·陈，"iPhone 开发者从贫民变成富翁"（iPhone Developers Go from Rags to Riches），《连线》，2008 年 9 月 19 日，http://www.wired.com/gadgetlab/2008/09/indie-developer/。

② 布莱恩·陈，"一个应用赚取 50 万美金，明星程序员证明 iPhone 的淘金热依然火爆"（Coder's Half-Million-Dollar Baby Proves iPhone Gold Rush Is Still On），《连线》，2009 年 2 月 12 日，http://www.wired.com/gadgetlab/2009/02/shoot-is-iphone/。

虽然当初德莫忒尔和尼古拉斯在跟我交谈时都感觉前途一片大好，但是几个月以后，事实表明他们的成功主要靠的是运气。在 2009 年 10 月接受《新闻周刊》采访时，德莫忒尔说 Trism 销量下降以后，他实际上将在应用商店里赚来的钱投入了股票市场中才变得更加富有了。尼古拉斯与他的经历类似，之后再也没有开发出如同 iShoot 那样的热卖作品，他在接受《新闻周刊》采访时说很害怕自己只是昙花一现。

新闻界，包括笔者在内，很快就给移动应用的商机贴上了数字淘金的标签。虽然这听起来似乎是个挺恰当的比喻，但一些不那么成功的开发者感觉这种说法有点哗众取宠。在 19 世纪中叶的加州淘金热中，只有少数幸运儿一夜暴富，但也正是他们吸引了整片大陆上无数热切的 "49 淘金者"[①]。同样，只有很少一部分 iPhone 开发者淘到了数字金矿，而其他人则只能淘到些金属块或者根本一无所获。无数程序员在发财梦的吸引之下热情地注册账户，开始生产 iPhone 应用。[②]

随着互联网泡沫的破裂，应用商店成为了一片新生的数字疆域。而当业界巨人们占据着硅谷，新兴公司和独立程序员们很快意识到了，他们可以通过编写移动应用在夹缝中求生存。在不到 3 年的时间内，他们发布了将近 40 万款应用。[③]

## 简单平板的天才设计

iPhone 吸收了苹果的核心理念——软件是硬件成功的关键要素——并将其发扬光大。苹果将 iPhone 做成了一块只有一个按键和一块触摸屏的简单平板，它独特的力量都蕴藏在底层的操作系统之中。可定制的、直观的操作界面，结合支持该设备的大量第三方应用，使得 iPhone 成为了各种用户的首选手机产品，包括普通消费者、专业级用户、教师、学生、医生，甚至还有美国军方，他们正在试验

---

① 指参与到 1849 年加州淘金热中的人们。——译者注
② 托尼·多考皮尔（Tony Dokoupil），"发财致富：应用能做到吗？"（Striking It Rich: Is There an App for That?），《新闻周刊》，2009 年 10 月 6 日，http://www.newsweek.com/2009/10/05/striking-it-rich-is-there-an-app-for-that.html。
③ 德迪乌，"苹果在两年半时间里接受了近 40 万款应用"。

将 iPhone 运用到战场上。此外，苹果并不排斥那些没有太多钱的年轻客户，特别针对他们推出了 iPod Touch，将它称为没有手机功能的 iPhone 再恰当不过了，你不需要每月为它支付电话账单。截至 2010 年，苹果的 iPhone 和 iPod Touch 用户已达 1.2 亿。[①]

iPhone 应用解决了网络和搜索在移动应用程序中所遇到的一些问题。iPhone 应用只能在 iPhone 上运行，这就意味着它们经过了优化，可以充分利用 iPhone 本身的处理器，GPS 就是其中之一。因此，应用读取数据的速度就更快了，而且它们更加智能，能够采取针对某一应用的特定方式来获取信息。（例如，Yelp 应用会根据 iPhone 的地理位置，在 Yelp 数据库中只搜索在你附近的饭店和娱乐场所。）不仅如此，iPhone 应用和计算机应用不同，你只需点击一个按钮，它就能自动运行和安装软件更新来进行自我维护，而在 PC 上则必须访问各个站点，下载文件，然后手动更新软件。可见，与 iPhone 和应用商店有关的一切都是为了适应一种永远在线的移动生活方式而设计的。

苹果并不会出于需要发明全新的东西，也不会以此掀起一股革新。应用可以做到的很多事情毕竟在好几年前就已经可以做到了。苹果的传统做法只是研究某种已有的技术，然后确定该如何改进它。

"苹果并不一定要发明新东西，而只要重新发明旧东西就行了，"在 iPhone 平台的初创时期曾经参与到推广工作中的前苹果公司软件工程师马特·德兰斯（Matt Drance）说，"我认为移动设备也是如此。发明第一部手机的公司当然不是苹果。苹果公司坐视了很久，当决定出手解决问题时，才最终用上了他们所观察到的结果和学习到的教训。"[②]

苹果在 1977 年发布 Apple II 时也是这样。苹果并没有像 PC 市场中其他人[③]那

① 弗拉德·萨沃夫（Vlad Savov），"自 iPhone 发售以来，苹果已售出 1.2 亿部 iOS 设备"（Apple Ships 120 Million iOS Devices since iPhone's Launch），2010 年 9 月 1 日，http://www.engadget.com/2010/09/01/Apple-ships-120-million-devices/。

② 马特·德兰斯 2010 年 8 月 8 日接受作者采访。

③ Commodore PET 是个例外，它是第一家销售一体式计算机的，就在 Apple II 首次露面的同一年里。

样，发布需要用户用电路板和烙铁自行组装的 PC，[①]而是把一台能正常运转的计算机的所有组件通通打包装在了一个整洁的塑料盒子里。只要你给 Apple II 插上电源，就可以使用它了。这让普通人也最终得以使用个人计算机，而不局限于那些铁杆的极客们。实际上，iPhone 的情况也是一样的。苹果发布的手机就是为了取悦用户，并让用户在应用商店中毫无困难地找到为他们量身定做的工具。

因此，iPhone 应用商店一鸣惊人。虽然有许多网站都复制出了许多 iPhone 应用的功能，但是用户还是觉得 iPhone 应用的效果更好，他们疯狂地下载着应用，甚至花钱购买。应用商店在 2009 年 4 月达到了 10 亿的下载量，而截至 2011 年 1 月，下载量已经超过了 100 亿。[②]

很多评论人认为应用数量达到 40 万款并没有多大意义，因为那些应用中有许多都是垃圾，既有毫无用处的应用，也有非常蹩脚的游戏。[③]而那些品质一流，让 iPhone 鹤立鸡群的应用非常稀少。（流行的 Twitter 应用 Tweetie 通常被誉为设计美观、功能丰富的软件范例。）其实，虽说高品质的应用对于 iPhone 的成功极其重要，但是数量也是头等大事，也许还更为重要。

应用商店所累积的应用越多，它就越有机会吸引世界上多达数百万的 iPhone 和 iPod Touch 用户中的每个人。我们可以把那一大批差劲的 iPhone 应用忽略掉，而对于许多非常低调的应用，普通的消费者完全不会注意到它们，或者说不会想到要去使用它们。但是在应用商店中还有相当多能迎合一些特定的职业、爱好以及兴趣的小众应用，这些应用很容易错失普通消费者的注意。我可以举出一些例子：iChart EMR，这是一款给医生用来查看并储存病人的病历单的应用；Rev 则是一款给技工使用的进行汽车引擎诊断的应用；Nerdulator 是一款为军方狙击手用

---

① "1977"，计算机历史博物馆（Computer History Museum），2006，http://www.computerhistory.org/timeline/?year=1977。

② "苹果应用商店下载量破百亿大关"（Apple's App Store Downloads Top 10 Billion），苹果公司，2011 年 1 月 22 日，http://www.apple.com/pr/library/2011/01/22appstore.html。

③ 约翰·格鲁伯（John Gruber），"粉碎优质保证"（Pound the Quality），DaringFireball，2009 年 10 月 27 日，http://daringfireball.net/2009/10/pound_the_quality。

于计算弹道的应用。这类专业应用才是让 iPhone 如此独特的关键。结果，借着应用商店中应用数量和质量的东风，苹果推出的设备几乎实现了我们梦想中的完美之物。

然而，史蒂夫·乔布斯并不是看到网络问题，就奇迹般地轻松提出了一种解决方案。与此相反，苹果在抓住这一机遇之前，在 Mac 上苦心经营了多年，尝试了各种不同的软件和发布模式。如果没有 iTunes，那么应用商店就绝不可能像今天这么成功。

## iTunes 的诞生

20 世纪 80 年代中期至 90 年代末期，媒体经历了一场从模拟到数字的巨大变迁，而音乐产业对此恨之入骨。

令美国唱片行业协会极其懊恼的是，因特网用户很快就学会了使用免费的数字音乐，不再愿意花钱买专辑，这在很大程度上"归功于"WinAmp MP3 播放器和 Napster。面对专辑销量的下滑，唱片公司不断地对 Napster 和 MP3.com 这些提供数字音乐的网络服务商提起诉讼，其矛头同样指向了钻石多媒体（Diamond Multimedia，一家韩国公司，发布了一款叫做 Rio 的 MP3 播放器）。显然，对于唱片业而言，要想随之改变很不容易。

紧接着，史蒂夫·乔布斯就出现了。这位苹果 CEO 在 2002 年就怀着这样一个梦想：让苹果拥有一个使用简便、内容丰富、质量可靠的在线音乐商店。乔布斯认为，这些特点足以说服用户掏钱购买那些他们本可以非法免费获取的东西。届时，这个在线音乐商店就可以让唱片公司有能力与盗版竞争，而不用像现在这样吃力不讨好。

但是，为了让在线音乐能够得以实现，乔布斯认为他的商店必须允许客户以一种完全不同的方式购买音乐：照着菜单点。而说服那些唱片公司这么做可绝非易事。"一开始跟唱片公司商谈时，在线音乐业务对他们而言正是一团糟，"乔布斯对《完美之物》（*The Perfect Thing*）的作者史蒂芬·乐维（Steven Levy）说，"从来不曾有人以 99 美分的价格卖出一首歌。实际上，从来不曾有人卖出过任何一首歌。而我们就这样走进会晤室，开口说道：'我们想用点菜的方式销售歌曲。我们也想要销售专辑，但是我们想要一首歌一首歌地卖。'他们觉得这将会是专辑的末日。"①

乔布斯首先和那些音乐巨头们进行谈判，包括华纳唱片公司和环球公司。苹果请这两家公司的谈判团队飞抵加利福尼亚的库比蒂诺。在苹果总部大楼 One Infinite Loop 的一间会议室中，乔布斯着手开始展示他的宏图伟业。首先，他用一大关键性的提议让这些唱片公司上钩了：苹果将通过 iTunes 这个当时仅支持 Mac 平台的音乐播放器软件来销售音乐。说到底，苹果 Mac 操作系统的市场占有率不过只是个位数，那么区区 iTunes 音乐商店的发布又怎么可能毁灭唱片业呢？

经过了一系列漫长而艰难的谈判之后，这两家唱片公司终于同意入伙了，但是苹果必须首先接受一些限制：在 iTunes 上购买的歌曲只能在 3 台"被授权的"计算机上播放，而一张播放列表只能在 CD 上烧录 7 次。

BMG 和 EMI 唱片公司很快也跟着入了伙，后来索尼也跳上了这条船。苹果在 2003 年 4 月 28 日开放了 iTunes 音乐商店，当时提供了 20 万首歌。（与此同时，苹果也发布了第三代 iPod。）在头一周中，iTunes 商店的客户们购买了超过 100 万首音乐。6 个月后，苹果说服了各家唱片公司，允许 Windows 用户共享 iTunes。

iTunes 商店是后来由 iPhone 引领的"任何事情、任何时间、任何地点"体验的序幕。它借以和盗版抗衡的最重要的特点就是用户只需点击一个按钮，就能从海量的数字音乐目录中下载一首歌曲，这一体验在 iPhone 上得到了广泛的扩展。至于 iPhone 如何开启了"任何事情、任何时间、任何地点"的革新，我们可以从参与到应用领域中的那些最为成功的独立程序员身上找到答案。

---

① 史蒂芬·乐维，*The Perfect Thing: How the iPod Shuffles Commerce, Culture, and Coolness*，纽约，Simon & Schuster，2006。

# 第2章

# 新 的 疆 域

13 岁时，菲利浦·刘（Phillip Ryu）就和他的父亲森郭（Seungoh）在桌子两头埋头苦干，共同研究他们的第一个项目——Mac 版本的 Pong[①]。他们在一个周末完成了这款游戏，然后将它贴到了他们的网站上，单价 5 美元。这只是一次闹着玩的实验，不过令菲尔大感惊讶的是，他们的 Pong 游戏在 Mac 用户和一些知名博客中成了大热点。

时值 2001 年，苹果刚刚发布了崭新的操作系统 Mac OS X。当时还几乎没有任何面向这个系统的软件，所以事后看来，菲尔的 Pong 虽然非常粗糙，但却能变得如此流行，也就并不值得大惊小怪了。"我们当时正面对着一片新的疆域，但却没有意识到它的存在，"菲尔告诉我，"当你最初着手进行一项没有竞争对手的事业时，只有广袤的天空是你的界限。"[②]

这对韩国父子建立了一家公司，继续生产 Mac 应用。他们接下来的一件作品就是 iStorm 应用，它允许多人通过因特网连接实时地合作管理同一份文档。这款应用是 Mac 上此类应用的开山之作，它的反响同样令人满意。这对父子凭借其小型软件项目，在一年内赚了 5000 ~ 10 000 美元，并将之用到了家庭度假中。

但是，正当一帆风顺之时，父子之间的商业关系却日益恶化。森郭当时是一名物理学者，他负责这些小项目的一切代码编写工作，而菲尔只懂 HTML 编程，

①  一款简单的类乒乓、网球游戏。——译者注
②  菲利浦·刘 2010 年 9 月 3 日接受作者采访。

所以他负责指导界面设计，并管理销售应用的网站。他们之间的合作关系在一场关于按钮颜色的争辩中走到了尽头。菲尔想要让 iStorm 的按钮采用 Mac OS X 的"水色"（蓝白色）配色方案，而森郭更喜欢金属灰的美感。"我一直跟他唠叨，要他做一些用户界面方面的工作，但他从来不动手。我们就一直这样，直到最后他把我炒了鱿鱼。"菲尔说。

于是，菲尔 15 岁时，他和父亲的商业伙伴关系宣告结束，但这并没有给这位年轻梦想家的故事划上句号。大约过了两年，苹果发布了绰号"Tiger"（虎）的 Mac OS X 升级版本，带有一种叫做 Dashboard（仪表盘）的新功能。Dashboard 基本上就是一个小屏幕，它始终在后台运行"小工具"或者轻量级应用（例如计算器或者天气查看器，你可以通过按键 F12 进行访问）。程序员可以编写自己的 Dashboard 小工具，然后放到网络上销售，而苹果每天都会挑选一款小工具，作为特色项目放在 Apple.com 网站上。菲尔从中看到了另一处充满机遇的疆域。

多年来，菲尔在 Mac 在线社区认识了许多网络程序员和设计师，并与他们进行合作，着手开发了一些小工具。他的首款叫卖之作就是 VoiceNotes（语音笔记），这是一款录制声音备忘录的小工具，标价为 6 美元。在继续发布了几款小工具之后（其中一些并不成功），菲尔和他的团队光靠小工具就已经赚到了大约 3 万美元，当时他正要开始在达特茅斯（Dartmouth）学院的第一年大学生活。

这很不错了，对于一群高中生来说，煎汉堡或者泡咖啡的活儿可无法给他们带来 3 万美元。但是菲尔还是发现了一个大问题，只有大约 8000 人——在总体的 Mac 用户群中只占一小部分——购买了他的小工具。因此，即便在苹果推广计划的不时帮助之下，网站在吸引人们购买软件这一方面拥有的依然是一种效率非常低下的商业模式。菲尔认为，要是能有一个更加集中的主流商业模式的话，程序员就能生产出更多更好的专业应用程序，并以更为低廉的价格销售，从而获取更多的客户。然而，通过网站加共享软件这一模式，程序员可能花相当多的精力制作了一款比方说给汽车修理工使用的特殊小工具，但是却几乎没有人去购买它。

若因客户数量太少使得收益不足以弥补开发的支出，那么凭什么要去做这些前沿的东西呢？简而言之，数字销售的方式不仅受到种种限制，而且非常混乱，结果就扼杀了这场革新。"在 Mac 的共享软件界中，一直都有一个健康的独立开发社区，有许多业余爱好者在制作自己需要的炫酷小工具，而这主要就是为了好玩儿罢了，"菲尔说，"这向来都是家庭手工业式的。我一直想知道有多少使用 Mac 的朋友真正地购买了这些应用。"

在接下来的几年里，菲尔专注于网站加共享软件这一存在缺陷的、散乱无章的商业模式。他思考着，如何才能让软件销售的方式效率更高呢？于是，他开始与约翰·卡萨桑塔（John Casasanta）和斯科特·麦因策尔（Scott Meinzer）合作（他跟这两位软件开发者曾在 Dashboard 领域中合作过），致力于寻求这一问题的解决方案。他们共同推出了一款叫做 MacHeist 的古怪项目。

> 一辆白色的斯巴鲁 WRX 跟着一辆银色的梅赛德斯驶出了一个停车场，在一条乡村小路上行驶着。它们停在了一幢砌砖建筑外面，目标下车了。他穿着一双墨绿色的新百伦胶底运动鞋，一条深蓝色的牛仔裤，以及乔布斯标志性的黑色高领毛衫。他从口袋中抽出了"武器"——一部 iPhone。

这听起来像是什么拙劣詹姆斯·邦德模仿秀，不过这实际上是第三部 MacHeist 软件销售广告视频的结尾。年度 MacHeist 活动都含有一系列的在线任务，在视频和小游戏中都隐藏着可以帮助参赛者解答谜题的线索。每当你通过一关，都会获取一个 Mac 应用程序的免费使用权。这种颇具噱头的方案是为了推广 Mac 软件包而设计的，软件包中含有由独立程序员制作的十多个应用程序。这样的软件合集售价大约在 40 美元，而软件包中每一款游戏的单独销售价格通常都比打包起来还要更贵一些，因此这对于 Mac 用户而言是无法抗拒的消费诱惑。

"我们正在像黑客一样篡改消费者做决定的过程，你可以无需一次一款地购买这些售价 40 ~ 50 美元的应用，而是花 40 美元买下一整套来，"菲尔解释道，"我们试着让它成为当仁不让的决定——仿佛要是你不买下来就成了个傻瓜一样。"

MacHeist 的巧妙谜题和低廉价格在 Mac 社区中引发了一些严肃的讨论。MacHeist 3 总共卖出了 9 万份合集,总额超过了 300 万美元。MacHeist 的组织者将这些收入分配给了他们自己、参与合作的程序员以及慈善机构。

虽然 MacHeist 取得了非凡的成功,但是它也突显出了独立开发者所面临的一大挑战——在越来越熙熙攘攘的 Mac 软件生态系统中努力地让他们的应用引人注意。MacHeist 团队精心设计的营销噱头每年在市场营销方面就要支出大约 40 万美元,这就说明了,要想让 Mac 用户群中数量可观的一部分人来下载软件,你得做出非常大的努力才行。[①]

对菲尔而言,关于低效率软件销售方式的问题依然悬而未决。他和一位名叫奥斯丁·萨尔内(Austin Sarner)的程序员朋友组队,开始研究一种更好的解决方案,并开发了一款叫做 Project Serenity 的软件。这款软件是一个免费的应用程序管理器,Mac 用户可以用它从一个集中供应应用的商店里下载并运行新的应用。换句话说,菲尔和萨尔内的目标就是制作一个 Mac 应用商店。然而,在他们开发 Project Serenity 才两三个星期时,史蒂夫·乔布斯就宣布了即将到来的 iPhone 应用商店。在得知 Mac 应用商店即将面世[②]时,他们就把 Project Serenity 束之高阁了。

"在这一新的应用商店模式中,过去系统中的每一个问题和效率低下之处都一去不复返了,"菲尔说。之后,菲尔不再执著于改进软件销售模式,而是将他的注意力转回到了软件开发上——当然,是针对 iPhone 的开发。菲尔和他通过萨尔内结识的程序员安德鲁·卡斯(Andrew Kaz)组队,编写了 iPhone 最早的电子书阅读器之一——Classics(经典),在应用商店中标价 3 美元。在头一年里,这款应用售出了大约 28.3 万份,大约盈利 85 万美元。在苹果抽取了 30% 的分成之后,

---

① 哈德利·斯滕(Hadley Stern),"Apple Matters 采访:菲利浦·刘"(Apple Matters Interview: Philip Ryu),AppleMatters,2006 年 12 月 27 日,http://www.applematters.com/article/apple-matters-interview-phillip-ryu。

② 苹果在 2010 年末发布了 Mac 应用商店。

菲尔和卡斯的收益光靠这样一款应用就一跃超过了 60 万美元。

现在已经有两年多历史的应用商店依然处于婴儿期。菲尔认为应用现象将成为".com"大爆发的续篇，而鉴于智能手机和平板电脑的兴起，这是前景一片光明的新领域。

"我小时候一直听我爸爸讲早期的 PC 革命，当时一切还在快速发展之中，现今的那些软件巨头们都是从车库起家的。一切皆有可能。"居住在旧金山，现年22 岁的菲尔说，"现在这一切又在移动应用产业中重演了，而我们正在谱写第二篇章。就是这样。"

## 大爆发

他一开始制作了一个岛屿，然后又加上了一轮太阳、几朵云彩和一片大海。最后，他在其中播撒下了一些生命：一只海鸥、一条鱼、一头鲨鱼和一个叫做俾格米人（Pygmies）的类人生物。戴维·卡斯泰尔诺沃（David Castelnuovo）就如同上帝一般，在一款 iPhone 游戏中创造了一个微型世界。他给这款游戏取了一个恰如其分的名字——Pocket God（口袋上帝）。"我生来就有着企业家的特质，想要控制我所拥有的东西，而这款游戏基本上可以说在这方面已经登峰造极了。"卡斯泰尔诺沃说。[1]

iPhone 对于卡斯泰尔诺沃而言就是上帝赐予的幸运。卡斯泰尔诺沃多年来一直给包括世嘉（Sega）在内的主流游戏公司编写游戏，但最终他受不了了。他在2001 年建立了 Bolt Creative 公司，这是一家专门制作 Adobe Flash 游戏和应用的开发工作室。然而，他在这条路上没赚到什么钱，他的苦心经营没有得到应有的回报。

所以，当应用商店在 2008 年开张时，卡斯泰尔诺沃的梦想终于实现了。他一直都想要自行发布一款游戏。他很快学会了制作 iPhone 软件所需的 Objective-C

---

[1] 戴维·卡斯泰尔诺沃在 2010 年 5 月 9 日接受作者采访。

语言和 Cocoa，然后只过了一周时间，他就揭开了 Pocket God 的面纱。这个项目本来是卡斯泰尔诺沃为一个更为正式的"真正的游戏"做的试水作品，但是 Pocket God 已然成为了大热门。

Pocket God 一开始在几乎没有任何宣传或者媒体攻势的情况下就走红了，它靠的完全是运气和极高的客户满意度，而正是这两个因素促进了它的自然发展。"这款游戏完全没有任何规则和指导，非常容易上手，而且可以很轻松地在酒吧里掏出手机向朋友展示。"他说，"苹果进入了真正的休闲游戏市场。"仅仅过了两个月，他的独立作品就坐到了 iPhone 应用商店销量榜单的头把交椅，而在一年之内，他的游戏就为他赚取了 100 多万美元。到 2010 年中期，Pocket God 的销售额已经突破 300 万美元。①

来自克罗地亚的伊戈尔（Igor）和马尔科·普森雅客（Marko Pusenjak）兄弟则更加成功。在他们眼中，应用商店是一个实验的游乐场。伊戈尔是多媒体设计的艺术硕士，居住在纽约市切尔西住宅区，专门制作网站。马尔科当时还只是个辛苦工作的克罗地亚工程师，每月薪水只有微薄的 1000 美元，想要赚点外快。他们首先推出了一款模拟泡泡包装纸的新奇应用（iBubbleWrap），当他们赚到了几千美元以后，就更加认真地对待应用商店了。他们试着制作面向儿童的软件，一开始是一款兔子追胡萝卜的傻乎乎的游戏，后来共同设计出了一款简单而令人着迷的作品，那就是 Doodle Jump（涂鸦跳跃）。

Doodle Jump 的主角是个像外星人一样的小家伙，它不停地从一个平台跳到另一个平台。iPhone 用户只需要倾斜手掌，就能让这家伙向左或者向右移动，同时越跳越高，并且时刻小心别让它失足掉落。整个游戏看起来就像是在绘图纸上的涂鸦一样，这样的审美让成年人充满一股怀旧感，而对于小孩子来说则是非常可

---

① 道格·格罗斯（Doug Gross），"新版'Pocket God'将目标定于 iPad 及之后的版本"（New Versions of "Pocket God" Heading for iPad Versions and Beyond），美国有线新闻网科技频道（CNNTech），2010 年 7 月 7 日，http://articles.cnn.com/2010-07-07/tech/pocket.god.ipad_1_completely-new-game-ipad-pc-game?_s=PM:TECH。

爱的。Doodle Jump 也获得了一次如病毒般快速扩张的大成功，在销量榜单上不断地向上攀升，并在 3 年的时间里为这两兄弟赚到了 500 万美元的收益。"入门的门槛要（比其他的游戏平台）低得多，"伊戈尔告诉我，"我们当时并没有想到能赚到这么多的钱。我们只是两人共同组建了一个小作坊，不过就是有了一个好点子，然后编写出了一个好游戏而已。"

澳大利亚的程序员罗布·默里（Rob Murray）的经历则有点像是狂野之旅了。他在 1999 年从一家游戏开发工作室离职，建立了自己的移动游戏公司 Firemint。当应用商店于 2008 年横空出世之后，默里和他的团队开始开发一款在 iPhone 上运行的赛车游戏，那就是 Real Racing 3D（真实赛车）。他的团队在这一项目上的开支超过了 100 万美元。接着，在临近圣诞节假期之时，默里决定试着凭兴趣做一款休闲项目。"我很喜欢在 iPhone 屏幕上画画的感觉，所以我很想要在这方面做点文章，"他对我说，"我需要一个合适的环境，还研究了一些令人兴奋而且有些迷人的专业知识。我对于空中交通管制真的非常着迷。我一直能在书中读到这是一种压力多么重的职业，但却有那么多从事该职业的人们真心地热爱着这一岗位。"[1]

默里只花了一个礼拜时间就创造了一款卡通游戏的雏形，在这款游戏中，iPhone 用户可以用手指画出线条，引导飞机降落。游戏的目标就是避免发生撞机事故，尽可能安排更多的飞机降落。他的妻子亚历克斯·彼得斯（Alex Peters）帮他撰写了游戏中的文本，并提供了音效和音乐，而艺术总监杰西·维斯特（Jesse West）则改良了游戏的艺术效果，赋予这款游戏一种复古的风格。在他们的帮助下，这款游戏在 2 月之前完工了。他们给它起了个名字——Flight Control（航空指挥官）。

大出默里所料的是，Flight Control 成为了大热点，在头 6 个月里以 1 美元的单价售出了 200 多万份。Real Racing 同样实现了盈利，不过默里拒绝公布销量数

---

[1] 罗布·默里 2010 年 3 月 22 日接受作者采访。

字。"我感觉这就有点像是一个孩子长大成为了一个电影明星，而另一个孩子成了宇航员一样。"默里对我说。

这些故事都说明，苹果的应用商店开创了一种新的商业模式，让大大小小的软件开发者都能够拥有平等的赚钱机会，从而催生了一片新的数字疆域。最重要的是一款应用的想法如何，以及得到了怎么样的实现。在此基础上，长期的成功则依赖于市场营销和其他策略，例如随同应用销售特色功能。应用商店如同开闸泄洪一般，将各种各样的聪慧头脑中那些创造游戏和应用的创意释放了出来，吸引各年龄层的人士。苹果做到了其他公司从来不曾做到的事情，即将软件纳入主流，将那些共同享有某种密切相关的移动体验的人们组织起来。全球各地的 iPhone 使用者都会掏出他们的 iPhone，互相展示自己的应用和游戏——过去发生过这样的事情吗？"除了那些真正的业内人士，否则人们是从来都不会讨论软件或者新兴的网络公司的，然而，如今这已经非常普遍了，就连普通百姓都已经有了这样的基本观念，"菲尔说，"朋友们会互相推荐应用，而且讨论起来热火朝天的。我们从来都不曾经历过这样的盛世良时。"

## 竞争

从这一应用现象中获利的并不是只有苹果和 iPhone 程序员。谷歌紧跟着苹果的步伐，在 2008 年 10 月发布了 Android 移动平台，同时推出了自己的应用商店，其利润分成方式和苹果的应用商店一样，也是 3 ∶ 7。在大约两年半之后，Android 应用达到了 15 万款。①虽然不及 iPhone，但是 Android 应用商店还是迎来了值得注目的成功。

26 岁的斯坦福大学毕业生艾迪·金（Eddie Kim）在日本旅行时买了一本有关 Android 应用编程的书，当时他觉得这可能会是个很有意思的业余爱好。6 个月后，

---

① 埃莉诺·米尔斯（Elinor Mills），"报告：Android 应用市场增长速度超过 iPhone 应用"（Report: Android App Market Growing Faster than iPhone Apps），2010 年 1 月 20 日，http://reviews.cnet.com/8301-13970_7-20032228-78.html#ixzz1ERLhaXVzr-iphone。

他的业余作品为他赚到了比全职工作所得还要多的钱。他曾是大众公司的工程师，目前为旧金山 Picwing 公司的联合创始人，凭借 Car Locator 应用（汽车定位器），（帮助用户找到他们所停放的车子）在仅仅一个月的时间内赚到了 1.3 万美元。编写这款售价 4 美元的应用仅仅花了他 3 周时间。"我本想制作一款 iPhone 应用，但是我当时觉得这个领域实在太拥挤了，而加入 Android 领域也许是个更好的机会。"金这样对我说。

但是 Android 开发者由于缺少一个简单而集中的第三方应用市场而止步不前。谷歌的手机战略和苹果的完全相反，这家搜索巨头将它的操作系统分发给任何一家愿意使用它的制造商，因此就出现了许多运行着各种不同版本 Android 的手机，而每一款都支持 Android 商店中各种不同的应用。有的开发者因为"硬件分化"——不得不为一些不同手机开发并支持同一款应用的多个版本——而对 Android 平台丧失了兴趣。相比之下，iPhone 则为开发者带来了相对明确的 1 亿 iPhone、iPad 和 iPod Touch 客户，虽然它们在模式上各不相同，但在特征上却没有多大的差异。

当然，在这场游戏中，微软也不会甘做旁观者。这家软件巨头在 2008 年 12 月将它的 Windows Mobile 项目完全废弃了，然后一切重新开始——微软职员将这一事件喻为一次"重启"。[①]微软公司花了 6 周的时间筹划了一项 Windows 手机重生计划，并定下了一年的最终期限，要建立并发布一款崭新的移动操作系统。"重启"可不是什么简单的小事，它涉及新经理的招募、Windows 手机设计部门的重组，以及专供移动硬件使用的新测试设施的开放。最后的结果就是一款以客户为中心的触摸屏手机——Windows Phone 7，它最后在 2010 年年末进入了市场。和 iPhone 一样，Windows Phone 7 也有对应的应用商店，利用第三方软件和游戏来扩展这款智能手机的能力。按照惯例，微软在应用销售方面也给开发者提供了 70% 的分成。

---

① 加仑·格吕曼（Galen Gruman），"Windows Phone 7：为什么这是微软的灾难"（Windows Phone 7: Why It's a Disaster for Microsoft），*PC World*，2010 年 11 月 23 日，http://www.pcworld.idg.com.au/article/369001/windows_phone_7_why_it_disaster_microsoft。

就像微软过去在 Windows Mobile 平台上那样，它向那些愿意支持 Windows Phone 7 的制造商提供了这款操作系统。然而，这一次微软定下了一些规定：每一部运行 Windows Phone 7 的设备都必须满足特定的硬件标准（例如，3 个标准的硬件按钮），而且在它们携 Windows Phone 7 上市之前，都必须通过由微软制作的机器人所进行的一系列质量保证测试（检查触摸屏的精度、传感器的灵敏度等）。这一过程能够确保不同的手机都能提供一致的用户体验，并反过来能让开发者比针对 Android 平台做开发更为轻松地创造应用。虽然微软依然落后对手一大截，但是在这种严格控制的模式下，接下来的几年内，Windows Phone 7 有潜力在应用开发和用户基数方面双双超越 Android 平台。

"iPhone 的成功毫无疑问对业界产生了冲击，而我们未能幸免。"微软负责 Windows Phone 的公司副总裁乔·贝尔菲奥尔（Joe Belfiore）说，"但我们认为，我们可以做很多事情，以便给出一个和 iPhone 不一样的解决方案并使之兼具 iPhone 的一些优点。"①

## 超越手机

应用商店的模式正在重塑商业的未来，而且它并没有止步于手机领域。任何一款带有屏幕的硬件设备都可以通过应用商店得到强化，而且不会过时，即在未来可以通过新的应用和软件更新不断地升级。"我们有了多方连接的屏幕，不管那是你汽车里的屏幕，还是口袋里的屏幕，或是客厅里的屏幕，"Altimeter 集团的一位技术战略分析师迈克尔·加藤伯格（Michael Gartenberg）说，"因特网正将这些设备连接起来，信息则正在各个屏幕之间流动。在这之上的并不仅仅是内容，而且还有功能。关键是要让应用程序的功能和屏幕相符合，并且有效地运作起来……无论是谁首先提供了这一领域中的应用程序和服务，他都将掌控相当大

---

① 布莱恩·陈，"微软放下架子，准备强势推出 Windows Phone 7"（A Humbled Microsoft Prepares to Boot Up Windows Phone 7），《连线》，2010 年 10 月 8 日，http://www.wired.com/gadgetlab/2010/10/microsoft-windows-phone7。

的市场。"①

例如，电视机制造商正开始销售带有因特网连接和提供额外内容的网络频道——基本上就是电视机的应用商店——的电视机设备。比如东芝的 Cell 电视机就集超级计算机处理器、视频电话，以及不仅可以访问因特网流媒体内容，将来更将拥有应用的网络频道等功能于一身，这又是一种"任何事情、任何时间、任何地点"的体验。

不仅如此，福特公司正计划推出具备网络功能，配备了可以访问应用商店的屏幕的汽车。一些汽车应用的例子包括利用 GPS 运行的旅途导航，或者是提示你尽可能地以稳定速度行车的倡导绿色驾驶的软件，当然还有来自 Pandora 这样的网络服务的网络流媒体音乐。福特称，它将允许第三方程序员为应用商店创建应用。如果有更多的汽车制造商也随之跟进的话（而且它们很可能会这么做），那么汽车产业将为程序员开辟出另一片潜伏着无数机会的疆域。"随着智能手机平台的崛起，以及电视机正成为获取各种各样信息的更为智能的中转站，要想在某个用户群中展开销售要比过去简单多了，"NPD 的客户技术分析师罗斯·鲁宾（Ross Rubin）说，"当这些平台迅速涌现时，开发者一定会受到更多客户的关注。"②

家用游戏机制造商早就紧跟着时代潮流了。包括 PlayStation 3、Xbox 360 和任天堂的 Wii 在内的每一款主流家用机都支持在线游戏商店，但它们基本上还是以物理媒介进行销售，因此游戏价格可能依然会居高不下。

我们也不能把平板电脑给忘了。苹果在 2010 年 4 月发布的 iPad 给数字内容带来了许多新的机遇。其中我们最感兴趣、最为期待的就是它将如何改变出版业（杂志和报纸）和教育（课本和学习与研究的工具）。包括《时代》《纽约时报》以及我的母公司 Condé Nast 在内的主流出版商都在积极地试水 iPad 应用。还有包括斯滕山大学（Seton Hill University）、乔治福克斯大学（George Fox University），以

---

① 迈克尔·加滕伯格 2010 月 8 月 12 日接受作者采访。
② 罗斯·鲁宾 2010 年 8 月 14 日接受作者采访。

及艾伯林基督大学（Abilene Christian University）在内的许多大学都已经开始了一些试点计划，将 iPad 作为一体化课本使用。"那些孩子们走来走去都背在书包里的又大又重的课本将成为历史，"斯滕山大学的学术事务副总裁玛丽·安·盖维雷克（Mary Ann Gawelek）在 2010 年秋季向该校 2100 名学生和 300 名教职员工发放了 iPad，她说，"我们认为这样做将为我们所有的学生提供更好的学习环境。我们希望教职员工将能够利用更丰富的课本资源，因为用了 iPad 课本会稍微便宜一些。"①

我们正生活在一个一体化连接的网络设备时代——硬件合并的时代。iPhone 开启了一个新时代，在这一时代中，硬件制造商的竞争对手是那些承诺只需用户点击一个按钮就能提供"任何事情、任何时间、任何地点"体验的平台。

结果，应用商店的热潮正重新进入 PC 领域。在 2010 年 10 月，苹果的乔布斯说，他正在吸取从 iPhone 和 iPad 中学到的经验，将它们移植到新款 MacBook Air 中。那是苹果的超薄笔记本计算机，其重量不足两磅②，而且具备很长的电池续航能力。不仅如此，他还宣布了下一代的 Mac 操作系统——Mac OS X Lion，它将会同时带来一款 Mac 应用商店。如同 iPhone 和 iPad 那样，运行着 Lion 系统的 Mac 将可以访问应用商店，获取第三方软件。苹果将依然与程序员按照 3：7 进行分成。"这将成为发现好应用的最佳地点。"乔布斯说。③

佛雷斯特研究公司的分析师莎拉·罗特曼·爱普斯（Sarah Rotman Epps）说，虽然 Mac 应用商店对于苹果而言只是对已经实现的想法的一次扩展而已，但它依然意味着在 PC 软件销售方式上的一次根本转变。"软件再也不会放在盒子里销售了。"她说。这不仅将会降低软件的价格，同时还让它们能更容易地被广大用户选购。的确，有些程序员认为，在 Mac 世界的地平线上，一种类似的"任何事情、

---

① 布莱恩·陈，"大学需要以 iPad 为中心的无纸教育"（Colleges Dream of Paperless, iPad-centric Education），《连线》，2010 年 4 月 5 日，http://www.wired.com/gadgetlab/2010/04/ipad-textbooks。

② 1 磅 = 0.45359237 千克。——编者注

③ 布莱恩·陈，"由移动事业引发的升级决定了苹果的 PC 战略"（Mobile-Inspired Upgrades Define Apple's PC Strategy），《连线》，2010 年 10 月 20 日，http://www.wired.com/gadgetlab/2010/10/apple-software。

任何时间、任何地点"体验的革新正在冉冉升起。就像应用商店对 iPhone 所造成的影响那样，我们可以预期，会有新一波的程序员选择为 Mac 开发应用，而这样一来客户将得到数千款 Mac 应用，其计算机将能够完成那些他们过去连想都想不到的事情。"我认为这将为 Mac 软件业带来一股新的活力。"MacHeist 软件合集的合作伙伴约翰·卡萨桑塔说。①

如果将眼光再放长远些，你可以肯定地说那些与苹果竞争的 PC 机制造商也将采取应用商店的模式。泄漏出来的公司文档表明，微软正计划在 Windows 8 中引入应用商店。②另外，谷歌已经宣布了针对 Chrome OS 的计划，那是一款可以运行在小型笔记本计算机上的基于浏览器的操作系统，预计将于 2011 年发布，并同时携有一款基于网络的应用商店。

苹果通过为软件开发者提供一个集中的商业平台，让他们能在其上发展完整的公司和事业，同时也使得内容创作者得到了比其他电子公司更广泛的支持，而苹果的能力也因此比过去更强大了。从某种程度来看，每一位程序员都是自己作品的数字之神，服务着数百万的数字"居民"——多达 1 亿的 iPhone、iPad 和 iPod Touch 潜在用户，以及大约相同数量的 Android 设备和其他与之竞争的手持设备的无数用户。一款可以在智能手机上运行的软件有可能复制出整部硬件设备的功能，甚至可以替代一本书、一份报纸或一本杂志。于是，企业家无需在硬件和物理媒体的生产和销售上投资数百万美元，只要制作一些面向移动平台的应用就能和整个产业相竞争了。"从理论上讲，软件无所不能，"菲尔说，"它是最接近于魔法的东西。"

---

① 布莱恩·陈，"Mac 应用商店引发开发者的兴趣和顾虑"（Mac App Store Provokes Developer Interest, Concern），《连线》，2010 年 10 月 25 日，http://www.wired.com/gadgetlab/2010/10/mac-app-store。

② 彼得·布莱特（Peter Bright），"Windows 8 泄漏：Windows 的应用商店和 IE9 Beta 将于 8 月登场"（Windows 8 Leak: An App Store for Windows, IE9 Beta in August），ArsTechnica，2010 年 6 月最新更新，http://arstechnica.com/microsoft/news/2010/06/leaked-windows-8-slides-an-app-store-for-windows-ie9-beta-in-august.ars。

# 第3章

# 永远在线的社会

大地颤抖着，墙壁晃动着，天花板炸开来，一切都陷入了黑暗之中。丹·伍利（Dan Woolley）被埋在了如山一般的废墟中。当他醒过来，从瓦砾堆里钻出来的时候，他意识到自己的右腿断了。他的后脑勺还在不断地涌出鲜血。旅馆的大厅漆黑一片，而更糟糕的是，他找不到他的眼镜了。

他知道自己时日不多了。

首先，他需要光。这位名叫伍利的网络程序员想出了一个聪明的点子，他掏出了自己的数码相机，用上面的闪光灯照亮了自己的周围。他对着废墟拍照，利用闪光灯来帮助自己寻找避难所。最后，在拍了好多张照片以后，他的取景器中终于出现了一个电梯井。他爬了进去，总算松了一口气，但是他那短暂的幸福感很快就消退了。通过照相机，他可以看到自己腿肚子上那道可怕的伤口。血流得很快。

和任何看过电影或者电视节目的人一样，伍利知道自己必须压住伤口来止血。但是他手头并没有急救工具，也未曾受过医疗训练，他不知道该如何是好。然而，幸运的是，伍利拥有另一件工具。他把手伸到口袋里，猛地掏出他的iPhone。手机并没有信号，无法打电话求援，但是，他曾在手机上下载过一款名为 Pocket First Aid（口袋急救）的应用程序。他启动了这款应用，然后点击了"Bleeding You Can See"（你可以看到流血）按钮。他的手机立刻列出了一系列的指示：

用衣物包扎伤口进行止血，以避免伤口感染。

你使用的衣物可以是纱布垫，也可以是其他任何干净的布料。大小要能够遮盖住伤口。

用手指平坦的部位或者手掌使劲将衣物按在流血区域上。

如果流血严重的话，你必须更使劲地按。不要把衣物拿开。

伍利仔细地按照说明一步一步地做。他当时最干净的布料就是有领扣的衬衫和一只袜子了。他根据指示用力地将袜子按在后脑勺上，在按了几分钟以后，将它绑在了脑袋上。接着，他用衬衫对右腿做了相同的处理。

这款应用还有最后一条指示：检查是否有休克的迹象（休克患者可能会感觉无力，虚弱或者晕眩，表现出焦躁、不安或者混乱，或者摸上去又湿又冷）；留在受害者身边等待救援。伍利在心里将休克的症状一个接一个地检查了一遍。既然他自己就是患者，那么根据最后一步的指示，他应该尽量不让自己睡着。他将iPhone 的闹钟设定为每 20 分钟响一次，然后给它插上了一个电池扩展配件，让这个小玩意儿持续工作下去。

然后他就开始等待——要么获救，要么等死。

在意识到了后者的可能性后，伍利掏出了 Moleskine 牌笔记本和一支笔。他左手拿着 iPhone 照明，右手则匆匆地写下了给两个儿子的临终遗言，纸上留下了斑斑血迹：

我遭遇了重大事故。请你们不要责怪上帝。他总是为他的孩子们提供帮助，即便是在危难关头。我依然在祈祷，希望上帝能救我出去，但是也许他不会这么做。但是，他将永远保佑你们。

过了一天，接着又过了一天。伍利躺在黑暗的电梯井里，用他的 iPhone 录下了给妻子和儿子的语音留言，而当感到沮丧的时候，他就用它来听听音乐。当iPhone 的电量降到了 20%的时候，伍利为了节省电力，把它关掉了。他已经存好了一条短信，万一他在临死前能奇迹般地收到手机信号的话，就能将这条信息发送出去。

最后，经过了 65 个小时的痛苦折磨之后，伍利听到了铲子的挖掘声。一束阳光照在了他的脸上。一支法国的救援队在损坏的电梯井里发现了幸存下来的他，并将他救了上来，带到了安全的地方。

伍利是 2010 年海地大地震中被埋在太子港的蒙大拿旅馆中的 20 位幸存者之一。他的朋友戴维则没能活下来。他们两位当时正在为那些受贫困之苦的海地人拍摄视频。在这场里氏 7.0 级的大地震中，当天的遇难人数就达到了 20 万，但是伍利最终在他的 iPhone、照相机，以及相当的运气帮助下活了下来。

伍利幸存的故事自然登上了各大报纸、电台、电视和网络。不过伍利告诉我，这其中更为重要的在于，iPhone 是无论他走到哪里都要携带的物品。"有的网友指出我当时本应带有口袋急救工具，"他说，"他们错了，因为我根本不愿意将急救工具放进口袋里。"有多少人在出门时会往口袋里多放进这样的一套工具呢？"iPhone 的价值就在于，它一直在我的口袋里，"他接着说，"我觉得在 iPhone 里装一个急救小贴士也许会派上用场，于是就下载了这款应用。"

伍利的故事突显 iPhone 和其他类似的智能手机给这个社会所带来的不可思议的影响：一部连接在因特网上，可以访问那些提供了大量功能的丰富应用的设备，有可能将一个人转变成永远在线的全知生物。在伍利的例子中，一款 iPhone 应用将他变成了一位业余的医生，帮助他在这场自然灾难中存活了下来。

iPhone 和与之类似的具有应用且永远在线的智能手机通过这样的方式，正在改变人们在任何地方的生活方式。这种改变不仅发生在平常小事上，也发生在国家大事上。购物狂只要用智能手机扫描想要购买的物品的条形码，就能立刻在网络上找到更便宜的商家。上班族可以下载一款应用，准确地了解下一班列车进站的时刻。美食家可以将 iPhone 的摄像头对准某一家饭店，查看这家饭店的用户评价、菜式的价格范围，以及在什么时候打烊。

而智能手机上那些丰富的专业应用程序则更具创意。军方狙击手可以通过一款特殊的应用计算出步枪弹道，而士兵正在测试一款基于位置的应用，它可以在激烈的战场上追踪友军和敌人。医生则可以把他所有病人的病历单都保存在一款iPhone 应用中，还可以用它向药房发送处方请求。疾病控制中心正利用一款基于GPS 的应用预测在密集人群中传播的疾病何时爆发。

"任何事情、任何时间、任何地点"正不断地给移动设备功能列表添加无穷无尽的项目，但这还只是刚开始而已。想象一下，如果我们口袋里那些连接在因特网上的具有惊人能力的设备在功能上不断加强，在价格上不断下降，而与此同时，手机网络也不断成熟，能够以光一般的速度处理大量数据的话，那么我们的生活可能会发生多么大的变化啊。人类从这一新事物中可以得到的利益是如此庞大，以至于过去的任何技术都无法与之相提并论。数据紧密地进入了我们的思维之中，让我们在物理世界中的行动方式得到了惊人的强化。随着越来越多的人进入永远在线的生活方式之中，我们如今所看到的社会的每一个方面都将发生转变。

这其中最吸引人的一点就是，"任何事情、任何时间、任何地点"的改变将很快为我们带来更高端的教育、医疗、执法，以及表现自我的能力。在教室里学习将成为一种史无前例的资源丰富、互动性强的体验。医生将成为一种"移动的"职业，"任何事情、任何时间、任何地点"甚至可能打开技术的大门，让我们都可以成为自己的医生。执法的警官将能够把一般只能放在警察局里的一切资源和工具带在身上。不仅如此，犯罪行为将不可能逃脱媒体的报导。有了带有照相机的智能手机和实时视频录制软件，每一位市民都有能力实时地向全世界播送任何内容，因此才创造出了一个充满了监督的无所不知的集体社会。

## 教育的重启

如果能够通过智能手机在任何时间、任何地点获取任何信息的话，那么我们在教室里学习的方式就必然需要更新换代了。因特网打开了一扇门，通过它，人们可以通往由数十亿的思想汇聚而成的实时信息流，那些年轻而聪明的（唉，同样也是最愚蠢的）学生们深谙其中的道理。我们不得不提出疑问，教师指定一本教材的传统大学课堂还能够延续多久？如果你客观地观察这样的授课方式，会发现这是非常陈腐的，你可能在教室里听着同一个人谈论着一本白纸黑字的课本，但这课本不可避免地将在几年之内过时。是的，那位授课的人一定是可信的、有学问的（这是理想情况），但是谁又敢说在网络上就没有同样聪明的人分享着有价值的信息呢？"任何事情、任何时间、任何地点"的体验在这方面明显有可能让高等教育的课堂授课耳目一新。

如果老师不再让学生在听讲座的时候将手机关机，而是反其道而行之，那么情况会如何呢？如果各个大学反而向学生分发 iPhone，将其用作教室内外的学习工具的话，那么又会如何呢？

艾伯林基督大学成为了第一所进行这种尝试的大学。这所位于得克萨斯州的私立大学在 2008 年开始向每一位大学新生和教职员工免费赠送 iPhone。这种技术倡议的目标是探索永远在线的 iPhone 将如何通过数字互动的冲击改变学生在教室中学习的体验。[①]

然而，免费赠送 iPhone 并不是能够自动改进教育事业的灵丹妙药。因特网的问题终究还是信息过量，要分辨出有价值的数据是非常困难的。于是，艾伯林基督大学不得不重新思考教师在主导讲座时的方法。艾伯林基督大学的教授并不是站在教室前面讲上一个小时，而是成为了讲座的向导。教授定下当天的话题，接着让学生拿出 iPhone，即时地进行研究。然后，学生相互分享他们的发现，而教授则可以帮助他们评估这些信息的优劣。经过了这种方法上的改变之后，教室在突然之间就变成了一间互动课堂，学生在其中交换、讨论并分析来自多个渠道的信息，而不是从一个单一的来源获取并评估他们所学的知识。

---

① 布莱恩·陈，"iPhone 如何让教育重生"（How the iPhone Could Reboot Education），《连线》，2009 年 12 月 8 日，http://www.wired.com/gadgetlab/2009/12/iphone-university-abilene。

这种方法就像是 20 世纪 60 年代的专题研讨会和 21 世纪开始出现的智能手机技术的混搭。

艾伯林基督大学不仅分发 iPhone，而且还编写了一套网络应用，供学生提交作业、查阅校园地图、观看讲座播客，以及查询课程表和成绩单。iPhone 就通过这样的方式帮助艾伯林基督大学向学生提供了所需的信息，无论他们在何时何地。对讲座有一些不明白的地方？那就收听 iPhone 上的音频播客吧。想要对教授提个问题？那就给他发短信吧。需要在图书馆里查找一本书？那就通过校园网络应用搜索吧。找不到期末考试所在的演讲厅？那就启动校园地图应用吧。"这就像是教育界的 TiVo[①]，"艾伯林基督大学的教授比尔·兰金（Bill Rankin）告诉我，"当我需要它的时候，就可以通过所需的方式查看，而这和普通的方式相比大有不同。"[②]

"大约从 5 年前开始，我的学生就不再记笔记了，"他补充道，"我问他们，'为什么你们不记笔记了？'他们答道：'我们为什么要记笔记呢？……我可以上维基百科或者谷歌，得到我所需的一切信息。'"

匿名回答（Polling）是艾伯林基督大学革新课堂参与度的新方法，这让他们的革新措施显得更有意思了。在一些课堂上，教授会通过 PowerPoint 演示文档将需要讨论的问题投影到屏幕上。接着，学生可以通过艾伯林基督大学编写的 iPhone 匿名回答软件，通过电子的方式匿名回答问题。该大学的软件还能快速地考查学生，帮助他们判断自己是否听明白了所学的课程。这样，他们就不会在同龄人面前显露出自己的智力水平，不会受到任何社会压力（即害怕被当成傻瓜）的影响了。如果他们答错了，也不会有人知道是谁给出了错误的答案。而如果学生没有听懂所学的课程，他们只需点击 iPhone 上的按钮，就可以请老师重复一次。

匿名回答的想法听起来似乎是极其反社交的，但是我所采访过的艾伯林基督

---

① 美国的一种数字录像机。——译者注
② 比尔·兰金 2009 年 12 月 8 日接受作者采访。

大学的学生都说他们很喜欢它。他们认为它实际上让更多的人参与了进来，而不是像过去那样只有屈指可数的几个马屁精在课堂上举手回答每一个问题。"匿名回答为人们开启了讨论问题的新领域，"艾伯林基督大学的大二学生泰勒·萨特芬（Tyler Sutphen）告诉我，"这对于那些不愿意在课堂上跳出来给出答案的人而言更具互动性。你无需跳出来，只要点击一个按钮就行了。"[①]

"任何事情、任何时间、任何地点"体验将艾伯林基督大学转变成了一个大规模数据网络，它吸纳了老老少少的思想中的信息，通过前所未有的意义深远的方式将学生和教师联系在了一起。因为他们使用的是同一种技术和软件，所以他们的思想在数字空间完全联系在了一起。把它称为智库并不是很确切，它从本质上讲是一台庞大的思想引擎，通过高质量的数据有力地运行着。我们可以想象得出这样一台机器能产生多么不可思议的输出功率。现在，我们想象一下，如果一款 iPhone 程序在全国范围内得到了应用，那将如何在更大的尺度上加快研究、革新和科学发现的速度。其意义的确是极其重大的。

我们还应该注意到，在一次对照实验中，艾伯林基督大学发现在学习相同课程时，拥有 iPhone 的学生的学业表现要比没有 iPhone 的略胜一筹。如果我们恰当地运用"任何事情、任何时间、任何地点"，它就能让我们比过去更全面发展，变得更敏锐也更聪明。

"对我们而言，根本要点和设备并没有什么关系，"兰金说，"关键在于，既然我们有了各种类型的连接，在 21 世纪中该如何生活、如何学习。我认为这是教育界的下一个平台。"

当然，如果我预言说 iPhone 将很快在全世界的大学中得到广泛应用的话，那我就太过天真了。要做到这一点可是需要大量资金的。对于艾伯林基督大学而言，实行 iPhone 计划不仅困难重重，而且成本高昂。除了给 iPhone 编写自制的网络应用之外，该大学还优化了覆盖整个校园的 Wi-Fi 网络，以支持目前正在使用的 3100

---

① 泰勒·萨特芬 2009 年 12 月 8 日接受作者采访。

部 iPhone。兰金在 iPhone 计划的试行阶段参与了策划,但他拒绝公布学校在 iPhone 计划上所投入资金的准确数字,不过他表示,这一倡议只消耗了该大学年度预算中的 1%左右。为了平衡开支,该大学关闭了学生宿舍内的计算机实验室,因为绝大部分学生已经拥有了自己的笔记本电脑。不仅如此,那些选择了 iPhone 的学生必须自行向 AT&T 支付每月的手机账单。即便没有这些节省成本的措施,作为一所私立大学,艾伯林基督大学也具有这样的经济能力,是可以偶尔在新技术计划上炫耀一番的。

规模更大的公立大学光是向学生提供课本和基础资源就已经有些吃力了,所以在短时间内根本不可能考虑采用完全成熟的 iPhone 计划。但是希望还是存在的。竞争因素和配件成本的降低将不可避免地推动智能手机价格的下降。现在最便宜的 iPhone 已经只售 100 美元了,而分析师们预计,iPhone 最终将通过手机合约免费提供。也许,0 这个神奇的数字将会吸引各个大学认真考虑这样的计划。如此一来,剩下来的就是智能手机合约的问题了,这样的合约每个月至少会给节俭的学生带来 80 美元的经济负担。然而,随着电信运营商(特别是 AT&T 和 Verizon)之间的相互竞争和杀价,智能手机的月消费额也可能会逐渐下降。

无论如何,由于我们的社会状况发生了变化,所以智能手机计划将成为全世界的大学必须经历的升级换代过程。我们再也不需要接收信息了(毕竟数据无处不在),相反地,我们需要互相学习和指导,学会如何分析信息。等到我们那些在这个"任何事情、任何时间、任何地点"的革命中成长起来的孩子变成了下一代人的老师,我们可能会看到更多类似艾伯林基督大学的项目如雨后春笋般出现在世界各地。

## 随叫随到的医生

海地大地震的受害者丹·伍利在 iPhone 应用的帮助下得以幸存的故事只是一段序曲,随之而来的主曲将演绎"任何事情、任何时间、任何地点"体验给我们的健康带来的益处。虽然单独的任何一种技术都无法成为医治全世界所有健康问题的万能药，但带有应用的智能手机确实得到了认真对待。我所采访过的研究人员和程序员都渴望提供某种应用与永远在线的小玩意儿，让每一个人都能够更轻易地得到健康照顾和知识。当我们将这些方面的发展组合起来，就能看到未来的移动医生的影子。

加利福尼亚大学伯克利分校的研究人员开发出了一种叫做 Cell Scope（手机观测器）的附件，它可以让世界上任何地方的任何人对疟疾和肺结核进行诊断。只要把该附件连接到 iPhone 或者任何配有高清摄像头的手机上，任何人都能够立刻进行诊断。他只要抽取病人的血液或者组织样本，然后放在载玻片上，接着就可以把它装在 Cell Scope 上。有一圈明亮的 LED 小灯会将样本照亮，如果在图片上出现了暗蓝色的小点，那么这个病人的疟疾测试就是呈阳性的。用户接着可以把图片上传给医学专家，请他们分析并给出治疗建议。[①]

Cell Scope 的技术极其简单，但它却在解决发展中国家所面临的严峻问题方面迈出了一大步。发展中国家不仅缺乏治疗多种疾病和健康问题的资源，而且没有医生或者机构来进行适当的诊断。然而，只要给任何人（这个人并不一定是医生）一个可装在手机上的 Cell Scope，他就能够立刻打破人们接受诊断的最初障碍。"其意义确实非常重大，对于全球健康和远程医疗尤其如此，" Cell Scope 研究团队的生物工程博士后研究员威尔伯·拉姆（Wilbur Lam）告诉我，"我们正在给尚无诊断能力的地区提供这样的能力。"[②]

此外还有大量的应用被医生用于辅助自己在各处工作。例如，Epocrates 是一款可以访问某个大型药物反应网站的应用，能够让医生在任何地点查看药物信息。医生还可以使用许多高端应用追踪病人的健康状态记录表，例如 iPhone 应用 iChart，它能简单且有条理地储存从病人数据到图表以及药品清单的所有信息。不

---

① 布莱恩·陈，"显微镜让手机也能诊断疾病"（Microscope Enables Disease Diagnosis with a Cell Phone），《连线》，2008 年 5 月 19 日，http://www.wired.com/gadgetlab/tag/malaria-diagnosis-microscope-cellscope-tuberculosis-disease。

② 威尔伯·拉姆 2008 年 5 月 19 日接受作者采访。

仅如此，为了确保诊断方法不会过时失效，iChart 和 Epocrates 会定期从医疗网络中获取新的医疗数据进行更新。再接下去，医生们希望 iPhone（现在还有苹果的 iPad 平板电脑）能够一劳永逸地让旧式的剪贴板和 X 光机成为历史。[①]

当然，也有一些旨在让我们能够在任何地点、任何时间监控自己的健康状态并加以治疗的应用和小玩意儿。除了大量类似伍利在海地大地震中所使用的那种急救应用以外，还有一些用于自我测试听力、监控血压和心率，以及了解体重和饮食的应用。甚至还有一款叫做 ShyBladder 的应用（许多人都不好意思分享它），如果你在卫生间里力不从心的话，它可播放 3 种不同的流水声来帮助你。[②]

实际上，iPhone 要比市面上任何其他的智能手机更像是一款医疗设备。其操作系统具有一项特性，能够让应用与专用的附件进行通信，而这就在医疗领域方面开启了无穷无尽的可能性。强生公司专为糖尿病患者推出的基于应用的配件就是一个很好的例子，它的名字叫做 LifeScan（生命扫描仪）。鉴于检查血糖浓度对于糖尿病患者而言是一种痛苦而艰难的过程，LifeScan 就将这一过程简化了。首先将一款特制的血液葡萄糖检测器连接在 iPhone 上。糖尿病人只需用它戳一下自己的手指，检测器就会获取其中信息，将数据上传到 iPhone 中。于是，LifeScan 的 iPhone 应用就成为了一个葡萄糖读取器，接着就能计算出一张健康食谱和胰岛素注射时刻表。该应用甚至还能根据食谱估算出在每一餐之后所需的胰岛素的量。[③]

通过设定，LifeScan 应用还可以在糖尿病人需要接受注射时发出提醒。在过去，这一切计算和测量都必须通过人脑来完成。不仅如此，这款应用后来还允许用户将他们的葡萄糖读数和自我感觉等信息发送给他们的父母、孩子或者医生。

---

① 布莱恩·伽德纳（Bryan Gardiner），"医生的技术药房：iPhone"（A Tech Rx for Doctors: The iPhone），《连线》，2008 年 3 月 20 日，http://www.wired.com/gadgets/mac/news/2008/03/iphone_doctors。

②"KRAPPS 评测有趣的 iPhone 应用 iPee 和 Shy Bladder"（Funny iPee and Shy Bladder:Phone APP Review form KRAPPS），Krapps，2009 年 2 月 3 日，http://krapps.com/2009/02/03/history-was-made-sort-of。

③ 理查德·麦克马纳斯（Richard MacManus），"与 iPhone 无线连接的糖尿病设备"（Diabetes Device Connects Wirelessly to iPhone），ReadWriteWeb，2009 年 3 月 19 日，http://www.readwriteweb.com/archives/diabetes_device_connects_wirelessly_to_iphone.php。

　　然而，Cell Scope、LifeScan 以及许多类似的医疗应用都还没有投入市场。由于这些类型的技术必须首先经过严格的测试，得到 FDA（Food and Drug Administration，食品药品监督管理局）的认证以及其他各种资格认证，所以它们需要的时间也就更长了。但是我们更感兴趣的是，在遥远的未来永远在线的医疗技术将把我们引向何处。例如，一支由科学家、眼科专家以及华盛顿大学的教授和学生组成的团队已经在研究医疗领域中"任何事情、任何时间、任何地点"的最高端成果——一种数字隐形眼镜，这种眼镜可以实时提供对个人健康的监测信息。[1]通过这些数据，我们就能够全面了解自己的身体状况，在疾病恶化之前自我治疗。

　　这种隐形眼镜中含有一只内建的 LED，可以通过射频无线驱动，从智能手机中获取计算能力。为什么选择隐形眼镜呢？因为眼睛表面含有足够多的有关人体的各种信息，我们可以由此对生命体征进行基本的了解，例如胆固醇、钠、钾以及葡萄糖含量。除了这个原因之外，还因为有超过一亿的人已经戴起了隐形眼镜，所以很显然这将成为一个庞大的市场。"眼睛是我们身体的窗户。"参与了该项目的华盛顿大学生物纳米技术教授巴巴克·帕维兹（Babak Parviz）这样告诉我。[2]

　　由于此类实时健康监测在过去是不可能的，所以人类的眼睛对于我们很可能还有许多未解之谜，帕维兹说。他和他的同事从 2004 年起就开始研究多功能镜片了。他们利用独创的光电耦合元件，将微型天线、控制电路、一只 LED，以及无线电芯片集成在了一块镜片上。他们希望这些元件最终可以融入数百只 LED，从而在我们的眼前显示出画面，例如文字、图表，甚至是照片。最后，更高版本的镜片将可以提供丰富的信息，例如在你所看到的人或物下面滚动显示其实际说明。你问我帕维兹的梦想是什么？那就是制作出一种隐性眼镜，让佩戴者能够和詹姆斯·卡梅隆影片中的终结者拥有一样的眼睛。因为这种指尖大小的小玩意儿可以在任何地方获取数据，所以总有一天将会创造出一种游戏、社交网络以及和现实

① 布莱恩·陈，"数字听诊器监控你的生命体征"（Digital Contacts Will Keep an Eye on Your Vital Signs），《连线》，2009 年 9 月 10 日，http://www.wired.com/gadgetlab/2009/09/ar-contact-lens。

② 布莱恩·陈，"数字听诊器监控你的生命体征"（Digital Contacts Will Keep an Eye on Your Vital Signs），《连线》，2009 年 9 月 10 日，http://www.wired.com/gadgetlab/2009/09/ar-contact-lens。

世界进行一般互动的新界面。

这听起来很不错，不是吗？然而，这个团队在实现愿景之前还需要面对很多挑战。对于这样一款和眼睛直接接触的设备而言，安全性是最基本的问题。为了保证这种镜片能够安全佩戴，该团队已经在活的兔子身上测试了原型产品，这些兔子一次性佩戴镜片长达 20 分钟都没有出现任何不良反应。尽管如此，这种镜片还是必须经过更多的测试才能得到 FDA 的认可。

永远在线的健康监控技术所具有的最明显也是最实际的意义在于，它可以避免你在不必要的情况下去看医生，甚至可能防止医生为了敲竹杠而开出没有必要的处方。（毕竟美国浪费了价值上千亿美元的医疗用品在没有必要的治疗上。）

然而，虽然这些想法听起来很吸引人，而且也许棒极了，但它们无法解决发展中国家的人们所面临的严峻问题，这些人买不起这样的技术设备来为自己或者他们所爱的人治疗疾病。有鉴于此，我们很希望永远在线的医疗技术能让我们看到新的医疗职业，例如将诊所整个装进口袋中的空降医疗兵，或者完全不需要医学学位的旅行诊断医生。

## 永远在线的警察

2009 年 1 月，弗吉尼亚州一位名叫罗斯·玛尔泰斯（Rose Maltais）的女士借着周末探亲的名义绑架了她的孙女娜塔莉（Natalie）。根据多篇新闻报导的说法，罗斯告诉娜塔莉的法定监护人他们再也看不到她了，接着，她驱车带走了这个 9 岁的女孩。[1]幸运的是，由于娜塔莉带着一部智能手机，所以要追踪这位奶奶的踪迹非常简单。她的奶奶不知道，美国联邦通信委员会从 2005 年起就要求移动电话运

---

① "警方调查可能的绑架案"（Police Investigate Possible Kidnapping），《波士顿新闻》（*Boston News*），2009 年 1 月 6 日，http://www.thebostonchannel.com/news/18421787/detail.html；乔治·巴尼斯（George Barnes）和丹妮尔·威廉姆森（Danielle Williamson），"佛吉尼亚州发现一位阿瑟尔妇女和其孙女"（Athol Woman and Granddaughter Found in Virginia），《新闻电讯》（News Telegram），2009 年 1 月 7 日，http://www.telegram.com/article/20090107/NEWS/901070289/1116。

营商为警方提供一种追踪手机的方式，[①]而其关键工具之一就是 GPS——娜塔莉的手机上就具备这一功能。警官找到娜塔莉的手机供应商，每当娜塔莉的手机有信号，他们就可以定位 GPS 的坐标。然后，警方就将坐标输入谷歌地图，很快发现这两个失踪者住在名为布杰特客栈的汽车旅馆。罗斯只逍遥法外了一个晚上就被逮捕了。

在像《时空战警》（*Time Cop*）或者《少数派报告》（*Minority Report*）这样的科幻电影所预言的未来中，警察为了抓捕罪犯，都装备有例如时间旅行这样超乎想象的技术。然而，在现实世界中的执法难度实际上要比这些电影中所展现的低得多。除了利用 GPS 来协助追踪受害者和嫌疑人以外，有的警察局已经为 iPhone 编写了特殊的应用，以此减轻他们的工作负担。不仅如此，我采访过的警官都对"任何事情、任何时间、任何地点"的愿景对于执法方面的影响以及更遥远未来中处理犯罪事件的方式感到非常激动。他们想象着有一天，智能手机的应用可以取代警察局里的大部分设施。

澳大利亚的塔斯马尼亚岛的警官创建了他们自己的应用（当然，并不对公众开放），并将它用于检查汽车注册信息，从而有效地取代了无线电调度服务的员工。该应用利用 iPhone 的摄像头拍摄车辆的照片，然后在几秒钟之内将信息转发给未注册车辆和无牌无照的驾驶员数据库。该应用还可以搜索未执行的逮捕证和其他的违法行为。这款应用接着会把照片拍摄地点的 GPS 坐标发送出去，这样一来，如果有需要的话，附近的警官就可以得到提醒，赶往事发地点。就这么简单，只要拍一张照片，即便是警官已下班了或正在早上散步，他也可以立刻确认并通报某个违法者。

此外，由于 GPS 的存在，小偷要是想要窃取他人的手机，那可真是一个非常糟糕的想法。在 2009 年的一起案件中，匹兹堡市的一位男子在被人持枪抢劫之后，通过一家网站追踪到了袭击他的人。这家网站就是苹果的 MobileMe.com，它可以在地图上提供用户 iPhone 的准确地理坐标。警方跟着实时地图上的一个蓝点，成

---

① "使用 GPS 跟踪他人"（Using the GPS for People Tracking），http://www.travelbygps.com/articles/tracking.php。

功追踪到这部 iPhone 并抓获了小偷。近年来的报纸头条上出现过大量案件报导，都是有关利用 GPS 抓捕嫌犯的。[在去年的一起案件中，有一位名叫凯文·米勒（Kevin Miller）的勇敢的极客自行追踪到了偷他 iPhone 的窃贼，找到了那个坏蛋并当面对质。幸运的是，他没有受到人身伤害。] 带有 GPS 的智能手机也可以让警官相互保护。如果每一位警官都配备有一部特定的 iPhone，那么，当一位警官陷入了危机，无法将他所在的位置通过无线网络发送出去时，调度中心就可侦测他的 iPhone，获取他所在的 GPS 精确坐标，然后指派其他的警官前去增援。

你可以想象一下，随着越来越多的部门开始试用应用程序，"任何事情、任何时间、任何地点"将会更具影响力。旧金山的一位警官（由于警察局的规定，他无法透露姓名）得到了一部工作用的 iPhone，他想到了许多种可以改变执法方式的应用。"它会改变一切，"他说，"如果我们能够通过 iPhone 扫描被拘留对象的指纹或眼睛，并访问数据库确定他们的身份，那真是太棒了。我们常常在黑夜中抓获了嫌疑人，但却感到灰心丧气，因为我们只有把他们带到警察局里才能确认他们的身份。"①

而且，这位警官补充道，如果有照片和测量手段，一款应用就可能将 iPhone 转变成恢复犯罪现场的工具。这样的应用将会通过理想的方式把这些元素串接在一起，并将它们直接上传到警察局的数据库中。在他想象的未来中，大型商家的门锁将是电子式的，而特殊的警用 iPhone 应用可以在接到报警或者有紧急情况时打开门锁。一般的城市中都会给警官和消防队员配备钥匙箱，用于进入任何建筑物，但是，他说，那些钥匙都已经年代久远，常常无法使用。

这像极了《少数派报告》里的场景，你可能也知道，《少数派报告》根本不是一部有关技术乌托邦的电影。iPhone 和任何智能手机都可能变成警方入侵你个人隐私的最简单途径。

---

① 彼得·哈密尔顿 2009 年 9 月 13 日接受作者采访。

短信历史、照片、网站历史、电子邮件、GPS 坐标，以及也许将来会有的远程数字指纹和眼球扫描，这些技术共同表明数字数据在"任何事情、任何时间、任何地点"的未来中将在执法方面扮演更为重要的角色。

## 世界都在看

现在，人们普遍使用短信、手机通话服务进行信息的交流与交换，并通过笔记本电脑和智能手机发布视频、照片和微博，向全世界发布信息。进而，媒体可以结合直播博客、Twitter 信息流及网络资料撰写报道，并引起人们的广泛关注。

那么接下来会如何呢? 7 个字：流媒体直播视频。如今有许多新的应用可以将 iPhone 变成一台视频摄像机，使它可以拍摄流媒体视频，传送到计算机或者其他的手机中。Ustream 是这一新领域的领头羊。2009 年 8 月，这家公司发布了第一款通过 iPhone 在网络上直播流媒体视频的应用。这称得上是一次壮举了，因为在任何地方进行直播原本是那些可以使用卫星新闻车的电视记者们才有的特权。然而，如今任何转瞬即逝、偶然发现或者突然发生的事件都有可能在当场被记录下来。我们的世界将充满广播的眼睛。"人们一直把手机带在身上，"Ustream 的合作创始人约翰·哈姆（John Ham）告诉我，"生活中总有些你无法预料的事情，还有一些你想要与他人一起分享的时刻。我们看到过人们掏出设备拍下地震或者飞机降落的场面，而如果能让数百万 iPhone 用户使用这款应用程序的话，那将会涌现出各种各样的由民间记者报导的事件。"[①]

这具有很大的积极意义。当数十亿人都拥有了智能手机和直播视频软件，电信网络也随之提高了速度，能够提供无所不在的广播所需的惊人带宽时，在这样的世界中生活，每个人互相之间都负有责任。要想实施任何不法行为，例如盗窃、污染、乱扔垃圾、虐待儿童或者性骚扰，都将变得更加困难。我们在任何时候都将和谐共存。我们可以与他人分享孩子们的足球比赛、我们的婚礼、我们正

① 约翰·哈姆 2009 年 9 月 10 日接受作者采访。

欣赏的音乐会，或者我们正在听的讲座。我们很快就将和《杰森一家》（ *the Jetsons* ）里面一样拥有视频会议电话了，信息的交流和交换将前所未有地简单而顺畅。

但是请等一下，注意到处都有视频摄像头！这听起来似曾相识，不是吗？英国在 20 世纪 90 年代启用了颇具争议的闭路电视系统，在市中心、车站、机场以及主要的商业零售区装上了大约 150 万只监控摄像头，以此来阻止犯罪事件的发生。但是评论家提供了大量的证据，指出这套闭路系统在防止犯罪方面没有多大的效果，英国的这一计划反而常常被批评为对于公民隐私的严重侵犯。①

不过，闭路电视系统的根本缺陷在于这是一种封闭的系统，所以它只能把直播视频广播给有限的几个监视器，而在这些监视器前只有有限的几个人在观看。智能手机上的直播流媒体视频与闭路电视系统的区别看似微妙，实则有着天壤之别，你会将视频广播到一个开放的频道上，任何人都可以在网络上收看。这就让任何人都可以立刻参与进来，如果他们愿意，还可以通过行动改变事情的结局。例如，哈姆说在总统选举前的几周里用户通过 Ustream 所做的事情令人感到激动万分。有一户人家在奥巴马的一个像前安装了一台 Ustream 摄像头，想看看会不会有人想要把它偷走。毫无疑问，真有人去偷了，而那些在 Ustream 上目睹了这一事件的人们在事件发生的时候对此进行了讨论，其中有个人甚至还报了警。警察及时赶到，将那个家伙训斥了一顿。

直播视频现象才刚刚开始，现在看来，在接下来的几年里它将快速发展。Ustream 在 2010 年 1 月从一家名为 Softbank 的日本电信公司那里得到了 7500 万美元的资金，用于在亚洲扩张直播流媒体的基础设施。哈姆还计划利用这些资金在世界上的其余地区优化 Ustream 资源。

总的说来，观察的眼睛越多且参与的人越多，社会的联系也就必然会更紧密，

① 格雷姆·杰勒德（ Graeme Gerrard ）、盖瑞·帕金斯（ Garry Parkins ）、伊恩·坎宁安（ Ian Cunningham ）、韦恩·琼斯（ Wayne Jones ）、萨曼塔·希尔（ Samantha Hill ）和莎拉·道格拉斯（ Sarah Douglas ），"国家闭路电视战略"（ National CCTV Strategy ），英国内政部（ United Kingdom Home Office ），2007 年 10 月，http://www.statewatch.org/news/2007/nov/uk-national-cctv-strategy.pdf。

信息会更透明。就像苹果依赖于众包的智慧，大量生产出 iPhone 的应用一样，直播视频的时代将依赖于集体的智慧和群众的努力，绘制出一幅准确反映世界上一切事件的画卷。反过来，我们作为媒体收看者的地位也必将变得越发重要。我们再也不会单纯地消费媒体了，我们将能够体验媒体，并可以对实际正在发生的事情产生影响。"这归根结底将会成为一个完全透明的社会，"哈姆说，"没有什么东西能比直播视频更快地传播大量信息。"

## 永远在线的社会

iPhone 通过一种史无前例、意义深远的方式赋予了人们各种能力，将人们联系在了一起。苹果极大地改进了数据的质量并提高了数据量，从而完成了这样的丰功伟绩。不仅如此，iPhone 应用也贴合于人类做事的方式，它们采用简洁的界面显示有用的数据，是为完成特定任务而设计的工具。此外，在任何一种实际需要和专业技术上都有足够多的应用来满足人们的需求，因此 iPhone 就具备了很高的可定制性，可以量身定制来满足任何一种生活方式和职业的需要。如今已经有数亿人拥有了带有应用的智能手机，它们从根本上改变了人们的生活，从而影响了他们完成工作和在真实世界中生活的能力。在"任何事情、任何时间、任何地点"的未来里，医疗、执法以及教育只不过是将要发生转变的许多职业中的几个罢了。一切都将发生变化。

# 第*4*章

# 摩天大楼般的商业

位于旧金山米逊大街和恩巴卡德罗大街路口处的 Boulevard 饭店是美国最高雅的餐馆之一。这座城市中首屈一指的大厨南希·奥克斯（Nancy Oakes）是这家饭店的老板，她的拿手好菜有木炉烤上等猪排、煎烤卡罗来纳多锯鲈和索诺玛鹅肝酱。要享受 Boulevard 的精美用餐体验，人均消费大约为 200 美元。

Boulevard 饭店用餐体验的独特之处还包括可以在任何时间任何地点用电脑或者智能手机即时预定座位。你无需打电话询问什么时候可以订到位置，在数字日历上就能看到所有可以预定的时间段，然后设定好要招待的人数，点击"预定"按钮，接着就可以等着享受美餐了。这些全都是即时完成的，也就是说，在各位食客之间不会发生重复预定的情况，这是一种能让你省去很多烦恼的过程。

让这样的"任何事情、任何时间、任何地点"的预定体验得以实现的是一家成立 13 年的公司，名叫 OpenTable。全美提供网络预定服务的共有 3.5 万家饭店，而作为全世界最成功的在线预定服务，OpenTable 负责处理其中 1.5 万家的因特网预定请求，在 2010 年的第三季度，他们为 1540 万食客预定了饭店席位。该公司在 2011 年 3 月时的市值大约有 20 亿美元①。这可是相当大的一笔钱，也是相当大的市场份额，在使用在线预定网站的饭店中，有大约 43% 的饭店都在使用 OpenTable。但是，引领 OpenTable 取得如此成功的战略其实一点都不开放。

---

① "OpenTable 公司宣布第三季度财政报告"（OpenTable, Inc. Announces Third Quarter Financial Results），OpenTable，2010 年 11 月 2 日，http://press.opentable.com/releasedetail.cfm?releaseid=526351。

与这家公司的名字恰好相反，OpenTable 兴旺发达的原因在于采用了封闭的网络。如果某家饭店想要入伙，那么它就必须使用 OpenTable 所提供的计算机模块和它专卖的预定软件，它可以连接 OpenTable 专有的在线食客数据库。这对于饭店来说是一笔不小的开支，一次性注册安装的费用大约为 650 美元，接着平均每个月还要为硬件和订单管理软件支付 270 美元（如果某家饭店安装了多台单元的话，成本还可能更高）。最后，每当有食客通过 OpenTable 的网站进行了一次预定，饭店都要支付 1 美元的酬金。如果食客是在该饭店自己的网站上通过 OpenTable 进行预定的话，那么饭店也得支付 25 美分。OpenTable 采用了"你付钱、我办事"的商业模式，而那些不愿使用它的服务的饭店则无法访问记录了数百万 OpenTable 食客信息的数据库[①]。因此，面对这个充满了永远在线的食客的美丽新世界，任何一位动了心的饭店老板都必须算清楚能否仅靠传统的电话预定与口碑营销方式取得成功，若每年砸进数千美元，只为换来一项可吸引一些额外顾客的因特网服务，这究竟值不值。

在许多层面上，OpenTable 都能带来很大的好处。顾客可以通过瞬时而便捷的方式进行预定。饭店老板可以让自己的饭店展现在数百万潜在的顾客面前。最后，饭店老板可以节省下打电话的时间，并利用 OpenTable 的软件来安排食客的座位，而过去他们不得不先用铅笔在纸上人工安排座位。

其缺点则并不那么明显。在你仔细分析了这些数字以后，会发现通过 OpenTable 进行的每一次预定的实际成本可能并不是个小数目。比方说有一群人通过 OpenTable 花 40 美元订购了一餐。在这 40 美元当中，有 1 美元，也就是 2.5% 的钱财流进了 OpenTable 的腰包。相比餐饮业不过 5% 的平均利润率，这个数字就显得太大了。

不仅如此，如果我们更仔细地研究 OpenTable，会发现饭店老板所需支付的钱可能要比 1 美元多得多。技术营销大师乔纳森·韦格纳（Jonathan Wegener）根据

---

① "OpenTable 如何为饭店服务"（How OpenTable Works for Restaurants），OpenTable（博客），http://blog.opentable.com/2010/how-opentable-works-for-restaurants。

OpenTable 在 SEC（美国证券交易委员会）的档案发现，在使用 OpenTable 的食客中，有 57% 的人都是直接通过 OpenTable.com 网站进行预定的，而剩下的 43% 则通过饭店自己网站上的 OpenTable 工具进行预定[①]。饭店平均每个月要为 OpenTable 支付 515 美元，然后从该服务中得到 345 名食客。虽然这一眼看上去还挺划算的，但是我们必须记住，在那些食客当中有 43% 的人是通过饭店的网站进行预定的，也就是说，如果他们并不是使用 OpenTable.com 的目录找到这家饭店的，那么其实他们早就决定好了要在这家饭店里用餐。真正有价值的是那些通过 OpenTable.com 预定的 57%（即 197 名）的顾客，他们也许从来都没听说过这家饭店。因此，韦格纳认为，饭店支付了 515 美元，只换来了 197 名新顾客，所以总的算来，每位顾客的成本为 2.61 美元[②]。

那么，根据韦格纳的算法，当 4 位新顾客一起通过 OpenTable 进行预定时，饭店就要向 OpenTable 支付 10.40 美元。位于旧金山的 Incanto 饭店的老板马克·帕斯托雷（Mark Pastore）拒绝注册 OpenTable，他说有许多使用 OpenTable 的饭店老板都抱怨说，由于缺乏可行的选择，沉重的会费让他们觉得自己被"挟持"了。他说"无论如何，OpenTable 都会影响我的生意，但是我认为入伙的成本要比不入伙更高。"[③]

OpenTable 并不是一家垄断企业（要是 100% 的饭店都注册使用 OpenTable 的在线预定服务的话，它才算是垄断），但是，因为没有别人能像 OpenTable 那样掌控庞大的连网饭店的市场份额，所以它得以继续随意定下高昂的会费。

那么为什么 OpenTable 的生意做得如此之大，而与之竞争的公司却失败了呢？那是因为 OpenTable 做到了一个别人都没有想到的明智之举。有的公司向饭店提

---

① 乔纳森·韦格纳，"OpenTable 与饭店市场营销"（OpenTable and Restaurant Marketing），*The Back of the Envelope*（博客），2009 年 2 月 3 日，http://blog.jwegener.com/2009/02/03/opentable-ipo-analysis-restaurant-marketing。

② 乔纳森·韦格纳，"OpenTable 与饭店市场营销"（OpenTable and Restaurant Marketing），*The Back of the Envelope*（博客），2009 年 2 月 3 日，http://blog.jwegener.com/2009/02/03/opentable-ipo-analysis-restaurant-marketing。

③ 马克·帕斯托雷 2011 年 1 月 19 日接受作者采访。

供工具，让饭店创建自己的在线预定系统，还有的公司则提供了软件，帮助食客们找到就餐的饭店。然而，OpenTable 将这两种想法合二为一，创造了一种在线预定体验。"OpenTable 已经不仅仅是个便捷的工具了，"帕斯托雷补充道，"它成为了一股市场力量。"帕斯托雷每年都会对 OpenTable 研究一番，并总是因为高昂的操作成本而拒绝使用这一工具，而且和他站在相同立场的饭店老板们都发牢骚说，这样做的收益是否抵得上成本尚未可知。

OpenTable 将名为"垂直整合"的封闭式商业模式运用得炉火纯青，在这种商业模式中，某个单一的实体会试图拥有、掌管并控制其商业运作中的关键战略领域，而横向的商业模式则更大程度上依赖于面向多方的外包运作。OpenTable 通过一种垂直整合的方法，成为了技术解决方案的一站式服务，能够为两种群体带来在线预定的便利，即饭店的员工和饭店的顾客。OpenTable 的网站、智能手机应用、用户数据库、管理餐桌位置的电脑和软件共同组成了一种方便易用、毫无困难的体验。这对于饭店老板而言是完美无缺的，他们实在太忙了，无暇顾及这类技术。它对于匆匆的游客、商人或者那些只是想要决定到哪里吃一顿的人来说也同样无可指责。如果没有垂直整合的话，OpenTable 不可能创造出这样天衣无缝的体验。

然而，有一个大问题依然徘徊不去：OpenTable 是在创造新的经济价值，还是在剥削饭店的固有价值？也就是说，垂直整合的公司只是让自己得利了，还是能实现所有人的共赢？而如果能够实现共赢的话，又分别赢了多少呢？

在 OpenTable 的例子中，饭店老板是不是能比 OpenTable 赚得更多，或者至少也和 OpenTable 赚得一样多呢？帕斯托雷并不这么认为。"很少有饭店老板向 OpenTable 支付了 5000 美元的支票以后还能说：'我太兴奋了，我的每一分钱都得到了回报。'"帕斯特雷说，"他们中的大部分人都觉得有点中了 OpenTable 下的套儿。"OpenTable 宣称它并没有准确的数字来证明自己给饭店带来了多少"新增顾客"，也就是那些若非通过 OpenTable 就不可能知道那家饭店的新顾客。所以这个问题的答案依然悬而未决。

垂直整合一次又一次地证明了它的成功，这一点让人很感兴趣。毕竟，它经常会和"封闭"和"控制"这样的词汇联系在一起，而这些词在宣扬民主、自由和选择权的社会中都带有负面含义。苹果以控制其产品的方方面面而闻名，它之所以能成为世界上最有价值的公司，也同样赖于垂直整合。如果没有垂直整合的话，iPhone 永远不可能创造出如今许多人所享有的"任何事情、任何时间、任何地点"的体验。星巴克能成为世界上最大、最有影响力的咖啡零售商，同样也是因为垂直整合模式，而星巴克开始走下坡路也是因为它失去了垂直控制的缘故。这些巨头公司和 OpenTable 的经历共同证明，垂直战略要优于严重依赖于第三方的"横向"商业模式。

## 星巴克的登顶之路

一切都是从咖啡豆开始的。

星巴克的前任咖啡采购经理戴夫·奥尔森（Dave Olsen）找遍了全世界，发现了一颗神奇的咖啡豆，最终让星巴克成为了咖啡界的超级巨星。寻遍了危地马拉、肯尼亚、印度尼西亚以及世界上的其他地区，奥尔森只勉强接受阿拉比卡这种品质较好的咖啡豆，而对那些在当时商品化的美国咖啡里时常能见到的罗布斯塔咖啡豆不屑一顾。到了 1992 年，奥尔森终于抓住了最后的机会，锁定 Narino Supremo（哥伦比亚咖啡），这种作物非常矮小，只生长在科迪勒拉山系的高海拔地区，咖啡豆的香气既浓郁又独特，垄断了该产品的西欧人甚至都不肯让外人碰它。星巴克谈下了一笔生意，每年购买当地产出的所有咖啡豆，并开始独家销售这种品质在世界上数一数二的咖啡豆。[①]

---

① 苏雷什·科塔（Suresh Kotha）和黛布拉·格拉斯曼（Debra Glassman），"星巴克公司：在全球市场竞争"（Starbuck Corporation: Competing in a Global Market），华盛顿大学商学院（UW Business School），2003 年 4 月 3 日最新修订，http://www.foster.washington.edu/centers/gbc/globalbusiness-casecompetition/Documents/Cases/2003Case.pdf。

接下来的问题就是如何烘培了。星巴克发明了自己的设备，用于烘培和配送这些令人梦寐以求的咖啡豆。接着，在雇员方面，该公司对每一位烘培师都精挑细选，并为她们提供为期一年以上的培训，而成为星巴克的一名烘培师可谓是一种荣耀。星巴克自行设计的烘培器件中具有一种强劲的烧燃气的机器，可用于灼烧咖啡豆。烘培师接着再利用一系列的计算机软件，结合自己的感觉（视觉、嗅觉和听觉）来判定咖啡豆烤得恰到好处的时机。

星巴克也收获了一种独特的文化。不管是兼职还是全职员工，公司都会向他们提供综合福利，其丰富程度令许多公司无与匹敌，这些福利包括医疗保险、牙科保健、401K 退休福利、优先认股权、一项雇员援助计划、扩展培训讲习班，甚至还有给同性恋的眷属保障。这些福利——特别是优先认股权——确保了雇员的忠诚度，这就意味着星巴克公司很少发生人员流动，而顾客则可以享受总体上始终如一的星巴克体验。

星巴克的垂直整合方式融入到了一种独特的咖啡馆体验之中，它令人的五官感觉都得到了极大的满足。从顾客走进店门的那一秒开始，新鲜的高品质咖啡豆的芳香就会令他们陶醉其中。而点了一杯咖啡以后，他们可以看着咖啡师从一个大箱子里舀出一勺咖啡豆，然后听着研磨机的响声，看咖啡一滴一滴地缓缓落入杯中。最后，顾客们用手环绕住温热的咖啡杯——这些咖啡都是在最完美的温度下泡制的——然后就开始品尝他们手中珍贵的星巴克咖啡了。由此看来，星巴克成为了如此流行的现象也就不足为奇了。

其余的过程就是些有关品牌、销售和零售战略的事情了。星巴克从一家小店逐渐发展成了无所不在的连锁店。实际上，不管你走到哪一个城市，都能在几个街区里找到至少 3 家星巴克的门店。星巴克之所以可以采取这样的策略，就是因为它管理着自己的销售过程，所以能够更有效率地为那些相互比邻、组成集合的咖啡店大批量供货。而且因为顾客会分散到他们所在的各个社区的星巴克门店里，所以每一家店都不会怎么拥挤。总体上，顾客会更多地步行前往并离开星巴克。

星巴克和大部分公司不同，它并不惧怕自我竞争。实际上，这家咖啡巨头正是以此兴盛的。

上面区区 4 段文字就把星巴克的成功之路总结了一遍，但是星巴克在确认、执行和改良其战略的过程中经历了大约二十个春秋。星巴克获得巨大成功的关键和 OpenTable 与苹果类似，就是一种在完全的掌控之下的高品质体验，而那时它的竞争对手还无法望其项背。星巴克之所以脱颖而出，正是因为它的垂直战略。它并没有自行种植咖啡豆，但它精心维护了最佳的合作关系，并购买了高品质的咖啡豆来满足高质量标准。星巴克的各种体验综合起来形成了一种不一般的感觉，在美国将特产咖啡豆推上了顶峰。一夜之间，咖啡成为了人们专程出门去品尝的东西，他们不再在家里自己冲泡速溶粉末。

可后来，星巴克却走了下坡路。

星巴克就这样不断地扩张，变得越来越壮大。从 20 世纪 90 年代到 21 世纪初，星巴克已经从不到 1000 家门店增长到了 1.3 万多家，而到了 2002 年，其销售额相比十年前攀升了 2200%。[①]结果，各家门店就得更快地泡制更多的咖啡。它们开始使用自动蒸汽式咖啡机，取代了已往高级的半自动 La Marzocca 咖啡机，以此节约宝贵的时间。为了能在每一天的每一分每一秒在每一家店中都能提供新鲜烘培的咖啡，星巴克的雇员们再也没有时间去从大箱子里舀出新鲜的咖啡豆，在顾客面前研磨，然后缓缓地将咖啡滴入咖啡杯中。该公司采用了"锁住风味"的袋装咖啡，但它缺少了新鲜咖啡豆所独有的浓郁芳香。

让我们长话短说。星巴克为了扩大规模，渐渐失去了对于其核心价值的掌控，扼杀了星巴克体验。[②]该公司曾经的垂直方式变成了横向的。结果，到了 2008 年，

① 杰弗里・S. 哈里森（Jeffrey S. Harrison）、张恩英（Eun-Young Chang）、卡莱纳・高蒂尔（Carina Gauthier）、托德・乔切尔（Todd Joerchel）、乔治・内瓦雷斯（Jorge Nevarez）和王蒙（Meng Wang），"将北美观念出口到亚洲：中国的星巴克"（Exporting a North American Concept to Asia: Starbucks in China），2005 年 5 月，http://www.entrepreneur.com/tradejournals/article/132354507.html。

② 科塔和格拉斯曼，"星巴克公司"（Starbuck Corporation）。

星巴克的销量遭遇了第一次下滑。[①]

到了 2009 年，当美国的经济衰退表露无遗之时，星巴克就狠狠地跌了一跤。它的利润下降了 77 个百分点。[②]这个正在分崩离析的咖啡巨人开始尝试一些新的商业方法了。它开始将主要客户群定位在那些对价值很在意的顾客身上。星巴克从 2009 年 3 月起开始提供早餐超值套餐——一杯咖啡加一个鸡蛋三明治，售价为 4 美元。该公司甚至还开始关闭部分门店。这个品牌在过去曾被视为高等而特殊的阶层的代表，而今却仿佛陷入了极危险的境地。

"我们提供了新鲜培烤的袋装咖啡，但却付出了什么样的代价？"当销量开始下跌时，星巴克并不被人看好，时任总裁的霍华德·舒尔兹（Howard Schultz）在发给员工的一篇备注中写道，"我个人对此负全部责任，但是无论如何我们现在需要做的事情就是以此为鉴，回归原本的核心，作出必需的改变，唤来真正的星巴克体验的遗产、传统和热情。"[③]

接着，一切都回到了咖啡豆上。

星巴克决定重回垂直商业模式，只不过这一次要比过去更为彻底。在 2010 年末，它在中国开办了第一家咖啡豆农场和处理工厂。[④]这家连锁公司希望能说服更多的中国人放下茶叶，改喝咖啡，进而在中国扩展到 800 家门店。换句话说，星巴克想要在中国复制它在美国的做法——通过提供高品质的体验，让咖啡成为主

---

① "星巴克发布首个季度亏损"（Starbucks Posts Its First Quarterly Loss），MSNBC，2008 年 7 月 30 日，http://www.msnbc.msn.com/id/25936619/ns/business-stocks_and_economy。

② 劳里·J. 弗林（Laurie J. Flynn），"收益下滑 77%，星巴克称正等待复苏"（Starbucks, Awaiting Recovery, Says Profit Fell 77%），《纽约时报》（New York Times），2009 年 4 月 29 日，http://www.nytimes.com/2009/04/30/business/30sbux.html。

③ "霍华德·舒尔兹的星巴克回忆录"（Howard Schultz's Starbucks Memo），《金融时报》（Financial Times），2007 年 2 月 14 日，http://www.ft.com/cms/s/0/dc5099ac-c391-11db-9047-000b5df10621.html#axzz1ERpud8hg。

④ "星巴克与中国政府宣布投资云南咖啡业"（Starbucks and Chinese Government Announce Yunnan Coffee Industry Investments），星巴克新闻室（Starbucks Newsroom），2010 年 11 月 11 日，http://news.starbucks.com/article_display.cfm?article_id=464。

流饮品。这就像是一个人因为犯下了大错而羞愧难当，只得在一个新的国度开始一场新的人生。

## 苹果的垂直复苏

"我们制作了所有部件。"

这是乔布斯在描述苹果的产品创造之法时最惯常的说法之一，而且这句话的确很好地概括了这样一家公司。苹果是世界上垂直整合程度最高的公司。从按键到电源适配器，从计算机原料到包装设计，苹果产品的每一部分都由苹果的员工监督着，在他们 CEO 的详细检查之下不会出现任何漏网之鱼。"我们并不会采用现成的部件，（接着给它们加上）来自其他公司的极多的主要元件，然后再把我们的操作系统装上去，"苹果负责台式机的高级总监汤姆·博格（Tom Boger）在 2006 年接受《TG 日报》采访时表示，"我们完全自己制作出所有部件。我们从工业设计开始，包办了所有的电子设计。Mac 的每个方面都是由苹果设计的。"[①]

除了产品设计，苹果生态系统的一切方面也都同样采用了极高程度的垂直模式。iTunes 商店只接受苹果移动设备的同步。Mac 操作系统只能运行在苹果的计算机上。苹果电视的机顶盒播放的是 iTunes 的视频和歌曲。购买一款苹果设备时，你买的并不仅仅是一件设备而已，而是走入了一个独一无二、便捷又专享的苹果世界。

然而，我们注意到了一个很有意思的地方，苹果的垂直战略在一开始并没有立刻取得成功。在 PC 时代的初期，苹果是操作系统图形化用户界面（GUI）的开路先锋，并让这种界面成为了苹果计算机的专享功能，而当时的其他许多计算机

① 斯科特·富尔顿（Scott Fulton），"苹果：设计和软件，Mac 与基于 Intel 的 PC 的区别不在于硬件"（Apple: Design and Software, Not Hardware, Distinguish Macs from Intel-based PCs），《TG 日报》（*TG Daily*），2006 年 1 月 18 日，http://www.tgdaily.com/hardware-features/23832-apple-design-and-software-not-hardware-distinguish-macs-from-intel-based-pcs。

制造商也同样采用了类似的垂直模式。后来，一位叫比尔·盖茨的年轻人发明了一款叫做 Windows 的基于 GUI 的软件产品，将它授权给第三方生产商使用，接着，这些生产商就卖出了比苹果产品更便宜的计算机。这一关键的转折点让苹果在 PC 革新时代将统治权让给了微软。近年来，微软依然持续占有着大约 90% 的 PC 操作系统市场份额，而苹果的 Mac 只占了 5%。[①]

但是市场占有率并不能说明一切。苹果相比微软只占有很小的市场份额并不意味着它就已经被淘汰出局了，实际上苹果依然占据着不可思议的成功宝座。但当乔布斯在一场权力斗争中被苹果扫地出门，而该公司尝试采取横向战略之后，苹果就开始走了下坡路。

在迈克尔·斯宾德勒（Michael Spindler）的领导下，苹果在 20 世纪 90 年代中期开始了一场克隆计划，它将 Mac 操作系统授权给了第三方制造商，其中包括摩托罗拉、Power Computer、Umax 和 Radius。这段克隆时期是苹果历史上最大的噩梦。Power Computer 不断地销售 Mac 克隆机，而相比苹果的 Mac，它们不仅价格更便宜而且性能也更强劲。Power Computer 在第一年便售出了 10 万台克隆机，这直接抄了苹果的后路。结果，苹果 Power Macintosh 的销售遭到了严重的打击。虽然斯宾德勒认为这样的战略将会提高市场占有率，但事实上，这一计划让苹果和使用该操作系统的第三方厂商蒙受了经济损失。正当这场克隆战争上演之时，微软在 1995 年发布了新版本的操作系统——Windows 95。Windows 计算机总体上要比 Mac 更便宜，而预算有限的顾客根据他们的钱包作出了相应的选择。[②]到了 1996 年，苹果陷入了前所未有的低谷，几近破产。[③]

乔布斯在 1996 年以顾问的身份回到了苹果，而到了 1997 年，他夺回了 CEO

---

① "顶级操作系统占有率的趋势"（Top Operating System Share Trend），NetMarketShare，2011 年 2 月 19 日访问，http://www.netmarketshare.com/os-market-share.aspx?qprid=9&qptimeframe=M&qpsp=131&qpnp=25。

② 里克·麦斯劳斯基（Rik Myslewski），"再次体验克隆人的入侵"（Reliving the Clone Wars），*Macworld*，2008 年 5 月 23 日，http://www.macworld.com/article/133598/2008/05/macclones.html。

③ "苹果计算机公司历史"（Apple Computer Inc., Company History），Funding Universe，http://www.fundinguniverse.com/company-histories/Apple-Computer-Inc-Company-History.html。

的宝座。他开始将公司回归到最初的状态——一种垂直整合的企业。他的日程表上首批事项之一便是永久地结束克隆计划。他宣布已经和 Power Computer 达成了一笔交易，买下了所有与 Mac 有关的资产，当时这家公司已经成为了市场上最大的 Mac 克隆商，严重危害到了苹果公司的利益。接着，苹果撤回了与其他得到 Mac 授权的公司之间的延伸授权协议，这最终让该计划彻底终结。[①]乔布斯说："我去找那些克隆机厂商，我跟他们说，老兄，再这样下去我们就破产了。要是我们完蛋了，那么这整个生态系统也会跟着完蛋，而你们也撑不下去的。"[②]

在 1998 年，乔布斯带来了 iMac——一台具备了所有 PC 构件的机器，CPU、硬盘、因特网连接装置以及许多其他东西，全都塞进了塑料显示器里。这是一个装在盒子里的完整系统，当时根本没有这样的玩意儿。iMac 成了大热点，其火爆的销售让苹果重新开始盈利了。

后来的 iPod 让苹果在垂直整合之路上又迈出了一大步。其中的战略非常独特，即通过 iTunes 商店（首家大型数字音乐零售商）购买的音乐只能在 iPod 上播放。然而，苹果后来还是让 Windows 用户和 Mac 用户一样能够使用 iTunes 软件了。在这个特殊的例子中，苹果在其对手的领域内大胆地创造了一种垂直的市场。这种战略奏效了，和苹果独享的数字音乐商店绑定起来的 iPod 后来占据了 90% 的 MP3 播放器市场。

接着就轮到 iPhone 了。苹果密不透风的严密控制哲学在这一设备上发挥得淋漓尽致。苹果设计了 iPhone 的处理器芯片，而最为重要的是，乔布斯确保了苹果对于软件的全面掌控，从而让电信运营商无法将它们的垃圾塞进 iPhone 里。乔布斯在进一步发扬其垂直战略的同时，打开了数字软件市场的店面，那就是应用商

---

① "保尔·苏洛特，苹果计算机停止克隆，消灭其最大的竞争对手"（Paul Thurrott, Apple Computer Halts Cloning, Kills its Biggest Competitor），Windows IT Pro，1997 年 9 月 2 日，http://www.windowsitpro.com/article/news2/apple-computer-halts-cloning-kills-its-biggest-competitor.aspx。

② "史蒂夫·乔布斯消灭克隆，扔下重磅炸弹"（Steve Jobs Kills the Clones & Drops the S-Bomb），Zimbio，2006 年 4 月 3 日，http://www.zimbio.com/Steve+Jobs/articles/nHNi90ktzRl/Steve+Jobs+Kills+Clones+drops+Bomb。

店，它一开始被苹果的 iPhone 独占，后来接受了 iPod Touch 和 iPad。垂直整合让苹果能够积累数十万的应用，让它的移动产品有着史无前例的吸引力。结果，苹果在超过三年半的时间里售出了 1 亿部 iPhone，并在一年内售出了近 1500 万台 iPad。到了 2011 年，应用商店很快增长成了一个价值 20 亿美元的产业。[①]

这个故事的走向和星巴克的非常相似。星巴克一开始是一家垂直整合的小公司，依靠高品质的咖啡体验取得了成功。苹果一开始也依靠类似的方式，并作为一家提供独特的优质 PC 体验的小公司取得了成功。这两家公司都在向横向模式转变时突然遭遇了滑铁卢。现在，苹果取回了它的垂直模式，成为了一家极其成功且利润颇丰的公司，而既然星巴克正开始在中国种植自己的咖啡豆，那么它或许也将迎来类似的成果。

那么，为什么垂直整合在 PC 大爆发时期是一种失败的战略，而在今天的智能手机大爆发中却又成了制胜法宝呢？采用横向模式的 PC 制造商能够利用标准的组件大规模生产性能强大的计算机，从而击败了例如苹果这样的销售更昂贵计算机的垂直制造商。然而，在移动产业中，由于在 iPhone 出现以前，电信运营商在很大程度上控制了手机的生产过程，所以横向模式无法取得成功。例如，当制造商与微软合作生产 Windows Mobile 手机时，它会向这家软件公司提出一系列的指示，而微软的工程师接着就得修改 Windows Mobile 的皮肤，来迎合这些有关特定手机型号的指示。

接着就是价格上的原因，当人们谈论苹果公司时经常会谈到这一点。苹果通常被看做奢侈品牌。虽然苹果总体上将目标定位在 PC 产业的高端层次上（例如，所有 MacBook 的售价都不低于 1000 美元），但当人们谈论 iPhone 的时候，这种高价的理由就再也站不住脚了。在与 AT&T 或者 Verizon 签订的两年合约中显示，iPhone 售价为 200 美元，而且苹果仍然在以 100 美元的价格销售旧版 iPhone。所以，你有什么理由不去买一部 iPhone 呢？每月的电话账单是你持有 iPhone 的最昂

---

① 布莱恩·陈，"直播博客：苹果推出更薄、更轻的 iPad2"（Live Blog: Apple Unveils Thinner, Lighter iPad 2），Wired.com，2011 年 3 月 2 日，http://www.wired.com/gadgetlab/2011/03/apple-ipad-liveblog。

贵开销了——每个月至少 90 美元。然而，运行 Android 操作系统的类似手持设备在语音和因特网数据流量上每月大致也要花掉那么多钱。

最后，另一个需要考虑的理由就是，在几十年里，技术的景象已经发生了翻天覆地的变化。如今每个想要 PC 的人都能拥有它，无论是 Mac、Windows PC 还是 Linux 电脑，而在过去，计算机制造商的产品是专门迎合商务用户的。"如果苹果代表了技术产业光辉而美好的未来，那么这种未来和我们挥舞着九尾鞭①的过去没有多少不同，"*Inside Steve's Brain* 一书的作者，曾在《连线》担任新闻编辑的利安德尔·康妮（Leander Kahney）写道，"部分原因在于，技术产业本身变得越来越像是历史悠久的消费性产业了。当硬件和软件制造商将注意力集中在赢得商业客户上时，价格和互通性就比用户体验更为重要了。但既然消费者已经成为了市场上利润最大的一部分，那么可用性和设计就成为了优先考虑的方面。消费者需要的是一种可靠且直观的体验，就像他们对于其他任何消费品的期望一样。"

因此，技术已经成为了主流，结果人们的需要也就发生了变化。回首那个 PC 还是新鲜事物的年代，提供"足够好的"计算机的微软模式行之有效。而如今，既然越来越多的人买得起也买得到计算机了，那么美国就成为了一个由信息驱动的经济体。"足够好的"再也不够好了。人们梦想着得到能够随时让他们开心、舒适，并迎合他们的每一种需求的技术。iPhone 是首款实现了人们关于"任何事情、任何时间、任何地点"的梦想的东西，而我们从根本上就需要这样一种垂直整合的方案，以便从运营商那里夺过控制权，设计出以客户满意度为核心的手机。

在技术产业中，人们经常提起的一个问题就是，iPhone 的垂直战略是否具有长期发展的潜力。目前，苹果在手机市场上的最大竞争对手依然是谷歌的 Android 操作系统，而后者就是一个横向整合的平台。谷歌的 Android 是一个开源的操作系统，也就是说，任何制造商都可以自由地使用这个操作系统，随意地修改它，并且将它搭载在自己的硬件上。包括摩托罗拉、宏达电（HTC）和 LG 在内的数个大型制

---

① 17 世纪前英国海军所使用的一种刑具。——译者注

造商都选择生产 Android 手机，而全世界的每一家电信运营商都可以使用它。结果，Android 在数量上取胜了，运行 Android 的智能手机的销量超过了运行苹果独有的 iOS 的手机。然而，我们必须正确地看待这些表示市场占有率的数据。

据营销机构 Canalys 称，2010 年的第三季度，在美国销售的智能手机中，有 43.6%运行的都是 Android 系统，而 26.2%使用苹果的 iPhone。[①]这就是说，如果把不同制造商生产的多个手机型号加在一块儿，你就会认为 Android 手机的销量要大于 iPhone。可是，作为第二大流行的操作系统，苹果的 iPhone 是运行在由一家公司制造的一种硬件上的。从宏观角度上看，Android 也许是数量最庞大的平台，但是苹果的 iPhone 是销量最好的硬件。鉴于苹果的大部分盈利都基本上来源于其硬件，所以这是苹果的胜利。

不仅如此，第三方程序员也同样在 iPhone 的垂直整合中得到了好处。由于通过苹果的应用商店销售的应用只能运行在苹果的移动设备上，所以独立程序员可以轻易为 iPhone、iPod Touch 和 iPad 的单一客户群体创造应用。苹果的应用商店是 iTunes 商店旗下的子商店，而后者早就拥有了上亿的注册客户。每一位拥有 iPhone、iPod Touch 和 iPad 的人都只有一种购买应用的途径，即用 iTunes 账户登录，然后点击"购买"按钮。

与之相反，和苹果应用商店相竞争的 Android 应用平台受阻于根本的分裂问题。并不是每一款 Android 应用都可以运行在每一部 Android 手机上，因为不同的制造商各自生产着某一类型的设备，一部手机也许会具备其他某个手机所没有的功能，所以同样的应用也许无法在两部不同的 Android 设备上产生相同的运行效果。支付方式也是 Android 平台的一大分裂问题。谷歌并没有建立起能和 iTunes 相提并论的电子支付媒体平台。虽然有谷歌支付（Google Checkout）的存在，但是并不是每一位 Android 用户都拥有谷歌支付账号，而且有的人根本不会想去注册。所以有些人会通过谷歌支付购买应用，而有些人会只为了购买一款应用而手

---

① "苹果以 26%的占有率领衔美国智能手机市场"（Apple Takes the Lead in the US Smart Phone Market with a 26% Share），Canalys，2010 年 11 月 1 日，http://www.canalys.com/pr/2010/r2010111.html。

动输入信用卡信息，而其他人则什么都不买。结果，大部分流行的 Android 应用都是免费的，而且带有广告，因为 Android 的程序员早就有了付费应用卖不太好的观念。相反地，垂直整合的应用商店给苹果的程序员提供了一个有凝聚力的客户群体，因此就更容易赚到钱，这就是为什么绝大多数程序员都选择为苹果创作作品，iPhone 也由此取得了成功。

那么，长期来看苹果会不会因为垂直整合而遭遇"失败"，重蹈在 PC 革新时代败在微软手下的覆辙呢？这种可能性很小，而且既然技术的景象已经发生了变化，那么对苹果这样一家主要靠硬件获利的公司来说，垂直整合很可能将延续它的胜利。在本文撰写之时，iPhone 在美国经历了三年半以后，终于不再只在 AT&T 上一枝独秀了，Verizon 也开始销售 iPhone 了。我们有许多理由相信苹果的垂直战略还将延续它的胜利：(1)iPhone 每月的开支和 Android 手机大致相等，所以并不存在价格原因；(2)与 Android 相比，iPhone 在应用商店里的第三方应用更多，而且今后这一优势很可能会继续保持下去，因为苹果的应用商店相比谷歌的平台能让开发者赚到更多的钱；(3)数据表明，iPhone 是最流行的一款硬件产品。

当我们谈论 Android 和 iPhone 之间孰优孰劣时，可以举出很多在闭源软件和开源软件之间的派系争论，但是在大多数情况下，客户并不关心这些。一般顾客想要的是一款买得起的智能手机，希望可以用它来轻松地完成许多事情。基于上述理由，很难理解会有人不买 iPhone 而购买 Android 手机。在移动产业中，垂直整合将成为苹果公司、其客户以及程序员的制胜法宝。我们拥有所有部件。

与此同时，微软依然是家日进斗金的企业，但是许多人都认为，这个软件巨人在后 PC 时代已经走上了失败的道路。如今很少会有人使用 Windows 手机。结果，微软目前也正在其最新的手机操作系统上尝试垂直整合的战略。

## 微软的 Windows 手机重启计划

"不管现在还是将来，也无论使用哪种设备，你都能看到 Windows 的身影。"

微软 CEO 史蒂夫·鲍尔默（Steve Ballmer）这样概括微软的商业哲学。微软想要变得无处不在。它想让 Windows 进入每一台计算机，想让每一个人都使用微软的 Office 软件办公。微软总部流传着这样一个笑话：设计 Office 就像是"制作一个给十亿人吃的比萨饼"。至少，微软想让这个世界上的每一个人都在当下的每一种计算设备上使用微软的软件。这是一种横向的商业模式，因为组成这一体系的方方面面都分布在不同的群体之中，例如东芝和索尼这样的制造商生产计算机，而微软则提供软件。

但是微软的横向战略在 Windows 手机上却收效甚微。

微软的员工把 2008 年 12 月公司所采取的一系列操作称为"重启"（The Reset）。在这个月里，该公司终结了其 Windows 手机计划上的一切进程，从头开始。我所采访的微软员工一致认为这是一件好事，可见微软在此之前让自己陷进了多么深的泥潭。

这个软件巨人早在 1996 年就发布了 Windows CE（后来它成为了 Windows Mobile），走上了手机软件之路。然而，当 iPhone 和 Android 手机进入市场时，Windows Mobile 操作系统的市场占有率就遭遇了重创。

在手机市场上，微软在短短几年的时间内就从市场的领头羊变成了几乎被排斥在外的角色。Windows Mobile 的溃败可以归结为多个原因，但最根本的原因只有一个。在智能手机成为主流之前，设计者力求让应用程序迎合于那些以企业为中心的"强势"用户。就像最早的计算机一样，用户体验并不是头等大事——互通性才是唯一的需求。"它试图一股脑地将太多太多的功能呈现在用户面前，"微软设计总监比尔·弗洛拉（Bill Flora）在反思 Windows Mobile 的错误时说，"结果其用户体验对于今天的许多人来说都略显凌乱而又无法应对。它有点'计算机'的感觉。"[1]

---

[1] 布莱恩·陈，"微软如何按下 Windows Phone 的 CTRL+ALT+DEL"（How Microsoft Hit CTRL+ALT+DEL on Windows Phone），《连线》，2010 年 11 月 8 日，http://www.wired.com/gadgetlab/2010/11/making-windows-phone-7/。

这种凌乱的设计就是根据手机制造商和电信运营商的指示制作移动操作系统的后果。由于市面上的手机种类实在太多了，所以为了尽可能地迎合用户的广泛需求，微软只得将尽可能多的功能塞进手机屏幕。然而，这种横向整合的方式让 Windows 手机对于一般的电子产品用户显得不够友好。

这样一款无人问津的操作系统对微软而言并不是一个好兆头。Windows Mobile 过时的设计让人们认为微软毫不关心客户，只关注和大公司之间的大买卖。其设计意味着这家软件业的领军者正在丧失它的优势。不仅如此，CEO 史蒂夫·鲍尔默过去曾嘲笑苹果的 iPhone 没有键盘且价格高昂，在面对 Windows Mobile 的市场萎缩时只能尴尬地承认微软在 3 年之后已经被远远甩在了后面。"我们是最先进入这场比赛的，但现在却在市场上滑到了第 5 位，"鲍尔默在 All Things Digital（数字万物）大会上说，"我们整整落了一圈。"①

于是，这个软件巨人作出了一个勇敢的决定。当微软意识到需要认真起来追上对手时，它从本质上给 Windows Mobile 同时按下了 CTRL、ALT、DEL 键，就像对一台迟缓而老旧的 Windows PC 重新启动了移动操作系统，迎来了一个崭新的开始。该公司花了 6 周时间酝酿出了一个 Windows 手机重制计划，并定下期限，要在一年内发布一款崭新的操作系统。最后的结果就是 Windows Phone 7，这是一款基于网格的、有着漂亮的用户界面的操作系统，在用户友好性上要比它的前辈强上许多。

然而，这次重启可不是什么简单的任务。微软雇用了新的经理，重组了 Windows 手机设计部门，并建立了新的实验设施，以便对软件进行质量控制。微软现在紧紧掌控着这款崭新的移动操作系统的制作过程。换句话说，微软的手机部门开始采用垂直模式了。

---

① 约翰·帕奇科夫斯基（John Paczkowski），"微软的史蒂夫·鲍尔默和雷·奥齐在 D8 上的现场发言"（Microsoft's Steve Ballmer and Ray Ozzie Live at D8），《数字万物》，2010 年 6 月 3 日，http://d8. allthingsd.com/20100603/steve-ballmer-ray-ozzie-session。

这种新的时代精神首先迎来了一位新的领导者。鲍尔默在 2008 年中期任命微软老将安迪·李斯（Andy Lees）担任移动通信业务的高级副总裁，而李斯对手机部门的未来作了详细评估。显然，李斯对当时的状况并不满意。在和工程师与总经理商谈了之后，李斯叫停了 Windows Mobile 7 的开发，此时微软已经在这个项目上研发（并延迟）了一年有余。

就在李斯按下了 Windows 手机计划的重启按钮后没过多久，他就将当时 Zune 部门的领导人乔·贝菲奥雷（Joe Belfiore）招入麾下，让他担任 Windows 手机的企业副总裁，指导这款崭新的移动操作系统的制作。我们需要注意的是，Zune 音乐播放器是一款垂直整合的产品，微软尝试以此与苹果的 iPod 竞争。微软不仅监督 Zune 所运行的操作系统，也监督着 Zune 的制造设计，而且还开设了 Zune 音乐商店来与 iTunes 抗衡。那么，李斯委贝菲奥雷以重任的原因看起来就不言自明了，他将负责 Windows 手机的新模式。"我们将对这一产品全面负责，"贝菲奥雷说，"这是一种以人为本的思维方式。现实中，人们会亲手挑选手机，购买它，走出商店，对它进行配置，并且和它共同生活两年。这是由硬件、软件、应用程序和服务所决定的。我们正试着将人的体验放在重要位置，对这些方面全面考虑。"

除了从头开始，带来了几张新面孔以外，微软还决定拥抱一种完全不同的移动战略。过去 Windows Mobile 一贯为了迎合制造商的一系列指示修改操作系统的皮肤，而 Windows Phone 7 的新计划则是围绕客户满意度设计操作系统，这和苹果的方法非常相似。

微软将会延续将操作系统授权给制造商的战略，不过这一次，轮到它来设立规则了：所有运行 Windows Phone 7 的手机都必须符合必备的硬件标准（例如，3 个物理硬件按钮和一颗特定的 CPU）。而且，每一部设备都必须通过一系列实验室测试，而这些测试将由微软工程师所设计的机器人进行。贝菲奥雷说，这些严格的要求旨在确保 Windows Phone 7 在不同设备上的运行效果能保持一致。如果某家制造商的手机无法通过测试，那么微软的工程师就会把该手机送回去，告诉该制造商应如何解决其中的问题。"我们过去的团队心理是，'有一家 OEM 说：

我们要销售 100 万部手机。'"贝菲奥雷在反思过去的移动战略时说，"那么主要的客户就是这家 OEM。而现在，我们的目标成了（拥有手机的）个人。"（OEM 就是"原始设备制造商"，这些计算机和手机的制造商在 30 多年的时间里一直都是微软的支柱型客户基础。）

贝菲奥雷在批评谷歌的 Android 操作系统时直言不讳。虽然谷歌目前主宰着移动操作系统的市场，但其将 Android 操作系统向制造商授权的战略和微软过去在 Windows Mobile 上所采用的战略非常相似，它是开放式的，在制造商对该操作系统的使用和修改方面几乎没有任何限制。结果，Android 就和曾经的 Windows Mobile 遇上了一些相同的问题，包括 Android 系统在部分手机上的运行效果要比在其他手机上更好，制造商销售着带有不同版本操作系统的手机，有些 Android 手机在销售中带有运营商制作的臃肿软件①，而有些应用开发者抱怨说，由于硬件和操作系统的分裂，制作软件的难度太大了。贝菲奥雷说，微软的新移动战略将会对操作系统加以控制，让它成为一个整洁的平台，使客户可以在购买一部 Windows Phone 7 设备时轻松地了解它的功能和性能，同时让第三方程序员能够毫无顾虑地为多款设备开发应用。

他还补充说，臃肿软件的问题不复存在了，因为微软和制造商以及移动运营商达成了一项协议。手机在销售时，主屏幕的一半将留给运营商和制造商的自制应用（例如，三星的 Focus 手机就带有 AT&T 的一款 GPS 应用），而微软则在剩下的屏幕位置上放置自己的默认应用（电子邮件、日历、通讯录等）。不仅如此，如果客户不喜欢这些应用中的任何一个，都可以将它从主屏幕中删去。

然而，光靠移动战略的变动并不能实现更干净、更一致的用户界面，微软还必须在 Windows Phone 7 的设计上采用垂直模式。微软的设计总监弗洛拉建立了"Metro"，这是一套设计标准，用于指导工程师设计新的操作系统。"Metro 的哲学是尝试以少胜多，"弗洛拉说，"创造性地利用排版技巧，并去除大量的装饰。让

---

① bloatware，指在硬件上预装的软件。这些软件往往没用，却非常影响性能。

形式说明一切。这样，内容才能成为真正的。"①

因此，Windows Phone 7 的屏幕并没有被图标按钮完全占据，而是非常注重排版技巧，展现出不同的特色和功能。不仅如此，Windows Phone 7 的主屏幕是一系列拼贴起来的方块，用户可以按喜好自行设置。

弗洛拉解释道，Metro 根据微软早在 1995 年的微软百科全书（Encarta Encyclopedia）中就创造出来并经历了几十年反复改进的设计原则，而且还从例如 Xbox、Windows 以及 Zune 这样的产品中吸取了最好的设计哲学。他说，他在公司里的许多部门中宣讲过 Metro 风格。"Metro 让微软旗下的不同品牌走出自己的道路，但同时也维系着一根共同而一致的主线。"他说。

除了采取一系列设计标准以外，微软还完全重组了 Windows Phone 的设计部门。过去曾在耐克公司设计手表和运动小部件（其中包括 Nike+）的阿尔伯特·夏姆（Albert Shum）成为了这次重组的先锋，担任微软的移动设计团队的总监。夏姆在微软的一间开放式办公室（也就是说，没有小隔间）管理一支由 60 位设计师组成的团队，他把这些设计师分成了两组——左脑思考者和右脑思考者。左脑思考者负责处理核心的工程方面的工作，而右脑思考者则关注于界面，然后这两组人会定期地开会，商讨这一计划。

夏姆把管理 Windows Phone 7 设计的工作比作导演电影。"人们有了剧本，但还是需要一位导演来推动整个拍摄过程，"他说，"软件制作就像是拍摄一部电影，也像是建造一栋摩天大楼。在尘埃落定之前，你都无法确定它能否成功。"

"这就是我们的新电影，"他补充道，"希望你能喜欢。"

用建造摩天大楼来描述 Windows Phone 7 的创作的确非常精妙。这家公司完全从头开始，以垂直整合的方式从零开始建造这款新的操作系统，从设计到 QA

---

① 布莱恩·陈，"微软如何按下 Windows Phone 的 CTRL+ALT+DEL"（How Microsoft Hit CTRL+ALT+DEL on Windows Phone），《连线》，2010 年 11 月 8 日，http://www.wired.com/gadgetlab/ 2010/11/making- windows-phone-7/。

（质量保证）测试、从员工组织到制造策略，一切都是垂直化的。

然而，重要的是微软的核心商业战略依然是横向的，在 Windows Phone 7 方面依然存在与第三方制造商之间的合作，由他们来制造手机的硬件。但是通过新的垂直模式，微软一点都没有把操作系统的控制权交出去，在它的战略下，甚至还对合作伙伴施加了一定的控制。微软已经垂直整合了一部分手机创作过程（而这一部分恰恰是关键之处），从而掌控了在移动软件方面的命运。

## 垂直的未来

这些垂直模式的企业之间有一个共同点，它们都不是产品的设计者，而是体验的设计者。苹果的 iPod 可以访问苹果的音乐商店获取内容，iPhone 拥有苹果的应用商店并能通过安装应用扩展功能，Mac 在苹果自家的硬件上运行着苹果专有的 Mac 操作系统。与之类似，星巴克成为全球热门不仅是由于高品质的咖啡豆，而且也因为它紧紧掌控了烘培过程且营造了一种温馨的咖啡馆体验。最后，OpenTable 并不只是一个预定餐桌位置的工具，还是一种预定体验，让食客们能够进行在线预定，并帮助饭店员工通过 OpenTable 提供的计算机和软件上的实时餐桌管理工具打点饭店。仔细的控制、舒适的体验让这些垂直商家走向了成功。

有趣的是，在 PC 革命之后，商界智囊都有着这样一个普遍的共识——垂直整合是行不通的。垂直整合最早的例子可以追溯到亨利·福特（Henry Ford）。[①]福特公司拥有铁矿山且自己制造挡风玻璃，并且在从制造到销售的一切事务上都有着从头到尾的控制。在一段时间里，这种垂直模式获得了很大的成功，但当供应商变得越来越全球化，它们的价格也越来越有竞争力时，这种模式最终过时了。有人甚至将其称为福特的"短路"革新。例如，福特没有改进挡风玻璃的动力，反正它们总归是会随着福特汽车一起卖出去的。而对比之下，为了与福特竞争，

---

① 理查德·N. 朗格卢瓦（Richard N.Langlois）和保罗·L. 罗伯逊（Paul L. Robertson），"解读垂直整合：从美国汽车业学到的"（Explaining Vertical Integration: Lessons from the American Automobile Industry），《经济史杂志》（*Journal of Economic History*）第 49 期，2 月刊（1989 年 6 月）：361-375。

第三方玻璃工厂则有动力制造出比福特更好的挡风玻璃。

　　面对福特从兴旺到衰败的转变，看到苹果败走 PC 大战，几近破产，商界的观察者开始相信垂直整合根本行不通。评论家会因为这种模式严重阻碍了革新，就像福特对待挡风玻璃一样，而对它狠批一通。而且，垂直整合从经济角度看好像也不是可持续发展的，因为当你可以通过贸易将部分工作交给精通者时，又何必自己拥有并管理公司活动的每一个核心方面呢？然而，目前的全球衰退证明横向整合也具有弱点。在经济危机中，大量低端的亚洲制造商关闭了它们的业务，结果反过来伤害到了许多采用横向模式的公司。

　　现在，许多公司正在建造它们自己的"摩天大楼"。[①]以横向战略销售商业软件而闻名的甲骨文公司现在正努力参与到产业链中多个方面的生产之中，包括芯片、计算机、数据储存以及软件。百事公司刚刚买下了自己的灌装公司，以便对饮料销售进行更多的控制。被对手压制的通用汽车公司在摆脱破产的过程中，正在尝试购回德尔福（Delphi），这是一家 1999 年从通用汽车公司脱离出来的供应商。在 2009 年，波音公司买下了一家工厂和一家合资企业 50% 的股权，为陷入困境的 787 梦幻喷气飞机（Dreamliner Jet）制造某些部件。惠普这家在软件需求方面通常依赖于微软的计算机制造商，已经收购 Palm 公司为其开发一款操作系统，供其智能手机和平板电脑使用。这样的例子数不胜数。然而，要说这些公司都将完全采用垂直模式的话，就不太准确了。类似于微软在 Windows Phone 7 上的策略，这些公司似乎只是将产业链中那些真正关系到它们所提供的使用体验的部分垂直化了而已。换句话说，仅垂直化了那些可能会决定利益的部分。从本质上讲，这些半垂直化的公司都是倾斜的摩天大楼。

　　之前提到的公司并没有完全拥抱垂直策略，这很可能是一件好事。过去对于垂直整合的顾虑依然存在，垂直的公司可能会对某个小环境拥有太多的控制权，

---

① 本·沃森（Ben Worthen），"各大公司倾向于'垂直化'"（Companies More Prone to Go "Vertical"），《华尔街日报》（*Wall Street Journal*），2009 年 11 月 3 日，http://online.wsj.com/article/SB125954262100968855.html。

就好比原材料的所有者可以排挤对手一样。那么在当今的数字时代，如果一家公司在数字资源方面太过垂直化，会怎么样呢？

这就将我们带回到了讨论 OpenTable 时所提出的问题。OepnTable 在它的垂直商业战略中，是否真的把参与进来的饭店老板们"挟持"了？由于缺乏大小相当的替代品，使用 OpenTable 服务的高昂成本肯定会让一些饭店老板有这样的感觉，而这种顾虑突显出了数字时代中垂直整合的一些新危险。很多公司正在拥抱数字资源的垂直力量，这股力量在如今永远在线且由信息驱动的经济下的价值越来越大。

虽然苹果通过垂直战略得到了许多好处，但也面临着一定的威胁。苹果再也不是简简单单的一家小玩意儿制造商和音乐商店了。在 iPhone 应用商店获得非凡的成功之后，苹果已经成为了一家强大的软件、书籍、杂志、报纸等媒体的发行商。更有甚者，苹果从不吝于炫耀自己的实力，它总会将规则强加于第三方程序员，决定他们的 iPhone 应用中应该出现什么，及不应该出现什么。苹果再也不仅仅试图掌控自己的移动命运了，它已经在为数字媒体的命运控制权而战。

# 第5章

# 控制权之争

这款应用程序的玩法非常简单，只需晃动 iPhone，就能脱下这个女孩的衣服。德国小报 *Bild* 在其 iPhone 应用中插入了这样的噱头，让用户能够脱下当天的 *Bild* 女郎的衣服，他们希望借此吸引更多的订阅用户。但是苹果将这些赤裸的画面拒于应用商店的门外，将其归为令人不快的色情内容。

不能说苹果没有有言在先。苹果拥有应用商店的所有权和运营权，它有资格决定允许哪些应用入驻其中，而且从第一天起关于裸体的规定就写得很明白了。早在史蒂夫·乔布斯于 2008 年 6 月发布应用商店时，色情内容就是禁止项目列表中的头一条，其他被禁止的还有恶意内容和侵犯隐私的应用。但是，对于 *Bild* 而言，苹果拒绝它的 iPhone 应用具有一种糟糕的意义，是对于报社自由的审查。这家报社作出了回应，它写了一封信，鼓动德国报纸出版商联合会抗议苹果的反性爱政策。"今天它限制的是赤裸的肉体，" *Bild* 数字媒体部门的部长当娜塔·霍普芬（Donata Hopfen）写道，"明天被限制的就可能是社论文章了。"[①]

许多人都把苹果的应用商店看做苹果推出的最受争议的产品。要想参与到苹果的应用商店之中，就必须受到诸多限制。乔布斯为了尽力维持对 iOS 平台的控制权，围绕着应用的形式施加了严格的规定，而苹果应用商店的审查员也拒绝了大量在他们看来不适当的应用。

---

[①] 马泰斯·格鲍尔（Matthais Gebauer）和弗兰克·帕塔隆（Frank Patalong），"应用'审核'惹毛德国小报"（App "Censorship" has German Tabloid Fighting Mad），《明镜在线》（*Spiegel Online*），2010年 2 月 24 日，http://www.spiegel.de/international/germany/0,1518,679976,00.html。

虽然乔布斯最初的说法好像是在其应用商店中，不管是高手还是菜鸟，所有开发者都有着相同的机会销售他们的应用，但事实并非这么简单。结果表明，如果某人要为 iPhone 制作一款应用的话，那么他就必须按照苹果的方式来做，否则就进不了应用商店的大门。他必须遵循苹果的严格规定。苹果扮演了一个守门人，开创了一个先例，令人不安地影响着未来的创作自由。"要我把对于桌上这些漂亮的设备的喜爱，和对于（iPhone 开发者的）法律协议中令人不快的字眼的厌恶相调和，这实在是太难了。"Facebook 的乔·休伊特说。

由于这些原因，批评家指责应用商店强加审查、以开发者为人质、扼杀革新意识、培养从众心理。苹果为人们带来了梦寐以求的设备，又尽一切手段将它置于自己的控制之下。

每一款 iPhone 应用要在苹果的应用商店中上架销售，都必须先获得苹果的认可，这就意味着这家公司可以随意控制并审查这些内容。但是，除了明确地禁止色情、病毒和侵犯隐私的应用以外，苹果并没有发表任何有关什么类型的内容是可以进入苹果应用市场的规定。这些年我撰写了许多有关苹果的文章，在此期间见过各种各样应用被拒绝的情况。应用被拒的原因包括含有特殊的手机功能，嘲讽知名人士，甚至有些原因看起来是针对个人的。

当《名利场》（*Vanity Fair*）杂志的撰稿人迈克尔·沃尔夫（Michael Wolff）的一款专门展示其个人专栏的 iPhone 应用被苹果拒绝之后，他认为自己受到了这家公司的不公正惩罚。沃尔夫以其对苹果公司及其以善变闻名的 CEO 的犀利笔伐为人所知，所以对他而言，这次拒绝是针对个人的。"这些人并不是完全不认识我，"沃尔夫在电话中跟我讲，"当我在几年前的《名利场》中开了乔布斯几句玩笑之后，他们就被惹毛了。从那以后我就很明显地成为了一个不受他们待见的记者。我认为事实就是这样的。"[1]

---

[1] 布莱恩·陈，"名利场专栏作家认为其应用被拒回系针对个人"（Vanity Fair Columnist Takes His App Rejection Personally），《连线》，2010 年 4 月 28 日，http://www.wired.com/epicenter/2010/04/michael-wolff-app。

自由语音系统公司开发了一款名为 Newber 的呼叫转移应用，但却完全没有收到苹果的回音，这款应用就永远地被苹果应用商店的审核团队搁置了。在被苹果忽视了 6 个月以后，这家公司虽然已经在这款应用的开发和市场营销上消耗了 50 万美元，但还是不得不把它搁置了。"我们在整个开发过程中都遵守了苹果制定的所有准则，但对于 Newber 应用程序依然尚未被审查的原因，苹果至今未给我们任何反馈，"自由语音系统公司的 CEO 艾瑞克·托马斯（Eric Thomas）在给员工的一封信中写道，"史蒂夫·乔布斯高调夸耀其应用商店是'将应用程序发布到移动平台上的最佳交易平台'，而我们的感受是，这是最糟糕的买卖。"[①]

这就是和苹果合作所必须做的权衡。依靠极其流行的 iOS 应用商店，软件创作者能比在与之竞争的其他应用商店里得到更多的曝光机会，也更有机会赚到钱，但必须遵守苹果的技术和编辑规则才能进入这一商店。这样一来，他们就将控制权放弃了，交给了这家大型公司。这就好比微软不仅销售 Windows，而且拥有每一台电脑和每一家销售电脑的商店，此外还控制了想要针对这些电脑销售软件的每一位开发者。

这会是创作自由的末日吗？并不尽然。毕竟，还有网络。你可以通过包括 iPhone 在内的任何计算设备上的浏览器访问所有色情影片、讽刺漫画，以及抨击苹果的文章。不仅如此，根据乔布斯的说法，每周提交的 1.5 万份应用中只有 5% 被拒绝。[②]然而，*Bild*、沃尔夫和其他对苹果应用商店的批评者却忧心忡忡，而其理由不容忽视。苹果毕竟是移动应用大变革中的领军企业，在 2009 年里，整个移动软件产业中下载的应用里有 99.5% 都是苹果销售的。照这种情况，苹果保守的要求将最终对于媒体的未来造成重大的影响。我们才刚刚开始见识到单点控制的

① 艾瑞克·托马斯，"iPhone 上的 Newber 由于苹果方面零交流而被搁置"（Newber for iPhone Tabled Due to Zero Communication from Apple），公开信（Open Letter），2009 年 3 月 16 日，http://www.mynewber.com/files/EricThomasLetter.pdf。

② "史蒂夫·乔布斯的主题演说"（Steve Job's Keynote Address），苹果公司，2010 年 6 月 7 日，http://www.apple.com/apple-events/wwdc-2010。

危险之处。如果苹果继续维持它在移动平台上的领先地位，那么这对于编辑自主、创作自由以及编程的未来都将是有害的。

## 媒体的未来

"我来自于媒体世界，你也许曾经听说过，我们对于未来有许许多多的问题，"《连线》杂志的主编克里斯·安德森（Chris Anderson）在 TED 2010 的一场演讲中谈到，"好消息是，我认为我们已经找到了部分答案。"①

受到移动应用制造商的成功案例的吸引，包括 Condé Nast 在内的那些利润不断流失的出版商都急切地希望在苹果的最新发明上与之合作，而这项最新发明指的是 iPad 平板电脑，一款继 iPhone 之后出世的 9.7 英寸触屏设备。《连线》是这种新媒介的早期应用者之一，在该设备发布后仅两个月内就发布了一期 iPad 版的杂志。"我们认为它能够改变游戏规则。"安德森这样告诉 TED 的观众。

的确如此，在苹果还没有正式发布 iPad 之前，许多技术记者（其中也包括我）就已经在鼓吹它重塑出版业的可能性了。毕竟，有什么能比一款连接在历史上最成功的数字商业平台 iTunes 上的闪闪发光的新玩意儿，更能够复兴岌岌可危的报纸和杂志呢？

然而，我们并没有预测到出版商的编辑内容会需要由苹果喜怒无常的应用商店审查者认可，就像 *Bild* 当初一样。如果《连线》发布了被苹果视为"令人厌恶的"内容，会怎么样呢？

我们暂时还没有看到过主流出版物因为被苹果视为令人厌恶的内容而遭到拒绝或者撤销的情况，然而，由于媒体拥抱了像 iPad 这样的新式出版媒介，随着越来越多的设备被销售出去，这样的问题会不断增加。媒体的运作必须将数字平板

---

① 金·策特（Kim Zetter），"TED 2010：iPad 上的连线将于夏天前发布"（TED 2010: Wired for the iPad to Launch by Summer），《连线》，2010 年 2 月 12 日，http://www.wired.com/epicenter/2010/02/ted-2010-wired-for-the-ipad-to-launch-by-summer。

产品集成到它们的基础架构中，并得到软件开发者、设计师以及内容创作者的支持来促成这样的转变，而这不仅困难重重，而且成本高昂。不仅如此，如果广告商在 iPad 版出版物上的投资更多的话，就会转而迫使出版商优先考虑分配给这款设备的资源了。所以，如果一款《时代》杂志应用在 iPad 上的销量要比印刷版本更高的话，那么该公司就很可能首先为 iPad 创作内容，然后再为印刷版和网络版创作。但如果这样一来，作为读者的我们所获取的一切媒体就很可能全都是被审核过的、"苹果应用商店安全"版本的内容了。

尽管如此，iPad 应用当然还是有可能会成为出版商正在寻求的利润金矿，在 iPad 才刚刚发布时，就有许多大型公司花了 7.5 万~30 万美元不等的价钱在《新闻周刊》、路透社、《华尔街日报》以及其他主要出版商的 iPad 应用中刊登广告。为了进一步说明数字出版物将会是一种需要认真对待的商业，美国杂志出版社（Magazine Publishers of America）进行了一项研究，发现美国客户中有 60%有望在接下来的三年内购买一部电子书阅读器或者平板电脑。[①]鉴于苹果在移动技术方面的领先地位、苹果及其应用商店增长的势头，以及广告商排着队等待 iPad 商机的狂热之情，苹果将不可避免地在某种程度上影响出版商的出版内容。

如果你知道沃尔玛和音乐产业之间的事情，那么这个故事也许听起来会似曾相识。沃尔玛拒绝销售任何带有"家长指导"（Parent Advisory）标签的音乐专辑，而且这家超级零售商在过去还时不时地要求艺术家修改在它看来令人厌恶的歌词和 CD 封面。鉴于沃尔玛是全世界最大的实体音乐零售商，许多人都认为它改变了唱片业制作专辑的方式。在制作过程中，许多音乐家和唱片公司都会为了是否要净化歌词和专辑封面来得到沃尔玛的认可而仔细斟酌。为了避免发生冲突，大型唱片公司经常会发行两个版本的专辑——一个是给沃尔玛的"净化"版本，而另一个是未编辑的版本——但是只为那些巨星级艺术家才这么做。名头比较小的艺术家就没有两个版本的 CD，因此他们的压力是最大的，要么屈服于沃尔玛，

---

① 尼娜·林克（Nina Link）编辑，*The Magazine Handbook 2010/2011*，纽约，Magazine Publishers of America，2010，21。

要么就丧失为大众所知的机会。

在苹果的例子中，除了让我们的内容任由审查团队的摆布，我们还必须遵守苹果对于应用的技术要求，而苹果可以随意改动这些要求。实际上，安德森的 iPad 应用差不多就是苹果变化无常风格的牺牲品。《连线》和 Adobe 公司有着长期的合作关系，后者给《连线》提供了软件 InDesign 和自定义的插件，用于设计出漂亮的杂志页面，而这两方达成了一项协议，要共同利用 Adobe Flash 制作一款平板电脑版本的出版物。然而，就在安德森在 TED 演讲中介绍了《连线》的平板电脑应用两个月后，苹果就修订了 iOS 程序员协议，禁止在创作应用时使用第三方的编程语言。这一改动将 Adobe 的 Flash 代码生生阻挡在了门外，阻挠了《连线》的计划。不过，在《连线》要求 Adobe 重新用苹果认可的 Objective-C 编程语言修改了应用之后，该杂志的 iPad 应用最终还是成功进入了苹果的应用商店。①

苹果禁止使用第三方编程语言的规定致使创作者之中刮起了一阵争论的风暴。这次强烈抗议甚至使得乔布斯提笔写了一封公开信，信的标题已是人尽皆知——《对于 Flash 的想法》。在信中，这位 CEO 说苹果阻止 Flash 是为了保护移动产业的革新。②他解释道，Flash 程序是为带有鼠标和键盘的计算机制作的，而不是面向 iPhone 这样的触屏设备，而且它的运行效果非常糟糕，在 Mac 上经常会导致崩溃，而且会极快地消耗电池电量。"我们从痛苦的经验中认识到，让第三方软件层进驻平台和开发者之间最终会导致出现不达标的应用，并妨碍平台的改进和发展，"乔布斯写道，"如果开发者对于第三方开发库和工具形成了依赖的话，它们就只有等第三方选择并采用新特性以后才可以享受到平台改进所带来的好处了。我们不能任凭第三方来决定它们是否会，以及何时会让开发

① 彼得·卡夫卡（Peter Kafka），"大工程：Adobe 重新建立其 Wired 杂志应用，以配合苹果的无 Flash 决议"（Hard Labor: Adobe Rebuilds Its Wired Magazine App to Fit Apple's Flash-Free Agenda），《数字万物》，2010 年 4 月 30 日，http://mediamemo.allthingsd.com/20100430/hard-labor-adobe-rebuilds-its-wired-magazine-app-line-by-line-to-fit-apples-flash-free-agenda/。

② 史蒂夫·乔布斯，"对于 Flash 的想法"（Thoughts on Flash），苹果公司，2010 年 4 月，http://www.apple.com/hotnews/thoughts-on-flash。

者享受到我们的改进。"

　　到了 2010 年晚些时候，由于一些不为人知的原因，苹果取消了对于第三方语言编写的应用的禁令。然而，iPhone 程序员汉普顿·卡特琳（Hampton Catlin）告诉我，他接到了 FTC 打来的电话，他们正在调查由于苹果对第三方编程工具的禁令而产生的反竞争的控诉。①这表明苹果很可能是在 FTC 的压力之下才放松了它的限制。

　　但是，到了 2011 年的 2 月，苹果又发布了一项新规定，这一条规定显然是专门针对出版商的。苹果创造了一种出版物订阅服务，其中用户通过应用订阅杂志、报纸、视频或者音乐，而出版商则从用户的订阅中获利，苹果收取通过应用销售的订阅利润的 30%。所以，比方说有一位顾客花钱订阅了 iPad 版本的《连线》杂志，那么出版商能得到订阅利润的 70%，而剩下的则归于苹果。这种 3 : 7 的分成方式和苹果与任何在其应用商店中销售应用的应用程序员之间的分成方式一模一样，但是这种订阅政策到后来就变得越来越令人困惑而含糊了。

　　订阅政策上说，出版商在销售订阅服务时，必须使用苹果私有的应用内支付系统。过去，有些出版商会引导 iPhone、iPad 或者 iPod Touch 客户进入外部的网页链接，不通过苹果的应用商店购买独立的书籍或者杂志。苹果的这条新规定要求出版商直接在应用里面进行销售，出版商可以继续通过自己的网络商店进行销售，但是在应用里面不允许出现指向其网络商店的 URL。不仅如此，出版商在苹果的应用商店之外所给出的订阅价格不允许比应用里面的低。最后，还禁止出版商在没有用户许可的情况下收集应用中订阅者的用户数据。

　　"我们的哲学非常简单：当苹果给应用带来了一个新订阅者的时候，苹果可以赚到 30% 的利润；当出版商将已有的或者新的订阅者带进应用中的时候，出版商收取 100% 的利润，苹果不会索取任何东西。"苹果的 CEO 史蒂夫·乔布斯在一次

---

① 赖安·辛格尔（Ryan Singel），"是 FTC 的调查让苹果改变了应用规则吗？"（Did FTC Probe Cause Apple to Change App Rules?），《连线》，2010 年 9 月 9 日，http://www.wired.com/epicenter/2010/09/ftc-apple。

新闻公报中说，"我们所需要的只是，如果出版商在应用之外的地方销售订阅服务的话，那么在应用内也要有相同的（或者更低的）订阅价，这样，顾客就能够在应用中通过点击一个按钮轻松进行订阅了。我们相信这种革新式的订阅服务将会为出版商提供一种全新的机会，在 iPad、iPod touch 和 iPhone 上扩大其内容的数字访问量，让新老订阅者都感到称心如意。"[①]

订阅政策对于客户的好处是很明显的，当他们直接在应用里面购买订阅服务的时候，可以得到更快、更无缝的体验。但是从出版商的角度来看，这样的政策似乎是不公平的。有许多软件公司都通过 iPhone、iPod Touch 或者 iPad 的应用提供每月服务。然而，软件服务提供商并不一定要使用苹果的应用内支付系统或把 30% 的订阅利润让给苹果，但是出版商却必须这么做。凭什么呢？出版商和软件服务提供商之间有什么区别，它们不都在使用应用渠道来销售产品吗？在这点上，苹果将出版商和普通的应用程序员区别对待了，这让其应用商店成了一个不公平的竞技场。如果出版商不乐意的话，苹果很可能会在将来修改这一订阅政策，但是这最初的政策就要求出版商放弃定价权，并且放弃和客户之间的直接接触。"有了所有人都想拥有的产品和所有人都进去买东西的商店，凭借这样令人羡慕的组合，苹果相信自己有能力诏告出版商：他们都是我们的客户。你可以'租用'他们，但是他们依然在我们的监管之下。"《纽约时报》的大卫·凯尔（David Carr）这样说道。[②]

苹果的部分其他政策规定也同样严格。EFF（Electronic Frontier Foundation，电子前沿基金会）利用《信息自由法》取得并公开了曾经保密的 iOS 开发者协议。[③]所有开发者必须签署这份合约才能通过苹果的应用商店提供应用，而这份合约一边倒的程度令人咋舌。

---

① "苹果发布应用商店订阅"（Apple Launches Subscriptions on App Store），苹果公司，2011 年 2 月 15 日，http://www.apple.com/pr/library/2011/02/15appstore.html。

② 大卫·凯尔，"两个平台，两种问题"（2 Platforms, With 2 Sets of Problems），《纽约时报》，2011 年 2 月 20 日，http://www.nytimes.com/2011/02/21/business/media/21carr.html。

③ "iOS 开发者程序许可协议"（iOS Developer Program License Agreement），Scribd，http://www.scribd.com/doc/41213383/iOS-Developer-Program-License-Agreement。

- 苹果公司禁止公开声明，禁止开发者谈论这份协议。（这就是为什么需要靠《信息自由法》才能得到它。）
- 使用 iPhone 软件开发套件制作的应用只能通过苹果官方的应用商店发布，不能在黑客开设的未经授权的应用商店中发布。
- 苹果公司对开发者的损失赔偿不超过 50 美元。
- 如果第三方由于开发者的行为控告苹果公司，那么苹果公司可以要求开发者进行全额补偿。
- 禁止针对 iPhone SDK 的软件逆向工程，或者帮助他人进行软件逆向工程。
- 禁止修改苹果公司的产品。这也意味着禁止那些允许他人修改或者破解苹果公司产品的应用。
- 苹果公司可以"在任何时间撤销你的任何应用程序的数字证书"，这就意味着即便一款应用已经被认可了，它也可能会被取消。

简而言之，开发者的 iOS 作品基本上是属于苹果的，因为开发者无法将它们提供到别的地方去。"如果苹果的移动设备是计算产业的未来，可以想见这样的未来相比过去的 PC 时代，将对革新与竞争产生更多的限制，"EFF 的高级律师弗雷德·冯·罗曼（Fred von Lohmann）说，"苹果公司原本是蓬勃发展的计算机业的先锋，现在却对于它（暂时）占据了领导地位的市场强加束缚，这真让人感到沮丧。"[1]

限制了应用程序编程方式的规则尤其令人惊恐。苹果 iPad 的一大吸引力就在于它使用方便，非常适合作为父母给孩子购买的第一台计算机。然而，iPad 的限制也太过严格了，当今许多程序员都认为它可能意味着黑客活动的末日。

## 不许改动我

早在 1968 年，当时的计算机还重达百磅，吞吐着穿孔纸带，施乐帕洛阿尔托

---

[1] 弗雷德·冯·罗曼，"你的一切应用都属于苹果：iPhone 开发者程序许可协议"（All Your Apps Are Belong to Apple: The iPhone Developer Program License Agreement），电子前沿基金会，2010 年 3 月 9 日，http://www.eff.org/deeplinks/2010/03/iphone-developer-program-license-agreement-all。

研究中心的研究员阿兰·凯伊（Alan Kay）就在梦想着发明一台完美的便携式计算机。他用硬纸板做出了模型，然后在里面填封上铅粒，以此模拟出不同的尺寸和重量。最终，凯伊动手做出了一台非常薄的像平板一样的设备，它的顶部有一个大屏幕，底部有一块键盘。他认为这种计算机的重量不能超过两磅，这样才能方便携带，而最重要的是，它应该富有动感、易于使用，让任何年龄层次的儿童都能够学习编程和科学知识。凯伊给这台概念机器起了一个绰号，叫做 Dynabook。[①]

Dynabook 从来没有进入生产线，但是历史学家认为凯伊的想法对于我们如今四处携带的移动设备给予了极大的灵感。在凯伊发表他的想法 50 年以后，苹果的 iPad（一款带有 9.7 英寸触摸屏幕和极其简单的界面，仅重 1.5 磅的平板电脑）和凯伊对于 Dynabook 的描述几乎完全相符。但是凯伊告诉我，他不认为 iPad 实现了他的梦想。它也许实现了凯伊在平板方面对于 Dynabook 的想法，但是并未实现其在教育方面的想法，原因就在于苹果对于 iPad 编程方面的严格规定。苹果的门禁政策甚至影响到了凯伊，他可是史蒂夫·乔布斯私下里的好朋友。在 2010 年中期，苹果拒绝了 Scratch 应用，将它挡在了其应用商店门外。Scratch 是一种基于凯伊的成果开发的适合小孩子的编程语言。Scratch 应用能显示孩子们用 MIT 的 Scratch 平台制作的故事、游戏以及动画，而该平台是建立在凯伊的编程语言 Squeak 基础之上的。这个消息让凯伊不高兴了。"全世界儿童和因特网都要比苹果公司更重要，有利于全世界儿童的东西应该能够在任何地方运行。"凯伊对我说。[②]

为什么儿童程序员对于凯伊来说如此重要呢？这些数字创作的后起之秀将编写出为我们提供日常服务和内容的技术，特别是在这样一个信息连通性比过去任何时候都更强的社会里。宽泛地讲，如果苹果打击了这些儿童学习市场上最具新意技术的积极性的话，它就是在扼杀未来的革新。

---

① 阿兰·凯伊，"适合全年龄儿童的个人计算机"（A Personal Computer for Children of All Ages），计算机历史博物馆，1972 年 8 月，http://history-computer.com/Library/Kay72.pdf。
② 阿兰·凯伊 2010 年 4 月 16 日接受作者采访。

不隶属于 MIT 的软件开发者约翰·麦景图（John McIntosh）是 Scratch 应用的作者，他说，苹果将这款应用删除的原因，据说是它违反了 iOS 开发者协议中条款 3.3.2 的一条规定，这条规定说 iOS 应用不可以含有非苹果公司的代码解释器。[①]这一条款是这样的：

> 应用程序不得以任何方式自行安装或者启动其他的可执行代码，包括但不限于利用插件架构、调用其他框架或其他 API 等。除了在苹果提供的 API 和内置的解释器解释和运行的代码以外，在应用程序中不可以下载或者使用任何解释型代码。[②]

"如果你一直沿着 Scratch 的诞生历程追溯下去的话，没错，它的确是一款 Dynabook 的应用，抱歉了，它不是 iPad 应用。"麦景图说。他和 MIT 的 Scratch 社区里的几个成员写了几封信，询问苹果公司是否欢迎 Scratch 回到其平台上。但是，用评论家的话说，即使苹果欢迎 Scratch 回归其应用商店，这个天性封闭、层层控制的应用商店还是给程序设计的未来立下了一个负面的先例。"我觉得这是非常糟糕的事情，"MIT 媒体实验室的博士生、Scratch 在线社区的首席开发者安德雷斯·蒙罗伊-赫尔南德斯（Andrés Monroy-Hernández）说，"即便 Scratch 应用被认可，我还是认为这从总体上给年轻的创作者发出了一条非常糟糕的信息。我们开了一个论坛，上面有许多孩子对此发表评论，他们真的对此非常不安。"[③]

一些评论家声称，苹果对于应用程序设计方法强制施加的控制预示着软件改动的末日。自称黑客的软件程序员马克·皮尤格林（Mark Pilgrim）回忆起从前，

---

① 约翰·麦景图，"以 Dynabook Vision 基金驳回的应用"（Rejecting an App with Foundations in the Dynabook Vision），2010 年 4 月 14 日，http://mobilewikiserver.com/Interpreters.html。

② 约翰·格鲁伯，"小试更新后的应用商店许可协议和审核准则的新变化"（A Taste of What's New in the Updated App Store License Agreement and New Review Guidelines），Daring Fireball，2010 年 9 月 9 日，http://daringfireball.net/2010/09/app_store_guidelines。

③ 布莱恩·陈，"苹果拒绝适合儿童的编程应用"（Apple Rejects Kid-Friendly Programming App），《连线》，2010 年 4 月 20 日，http://www.wired.com/gadgetlab/2010/04/apple-scratch-app。

当时个人计算机真正是"个人的"，也就是说，用户可以随心所欲地操作他的设备，而不会有违反规定的顾虑。"你可以打开计算机，按下 Ctrl+Reset 键，然后就进入了命令提示符界面。在命令提示符界面下，你可以输入一整段程序，接着输入 RUN（运行），然后它就会运行起来。"他说。①

Twitter 的软件工程师亚历克斯·佩恩（Alex Payne）也表达了类似的担忧。"iPad 方面让我最担心的事情就是，如果我在小时候得到的不是真正的计算机，而是一部 iPad，那么现在就不可能成为一个程序员了，"他说，"我将无法运行我所下载或者编写的程序，无论这些程序有多么愚蠢，有什么潜在破坏性，但都具有极大的教育意义。我就不可能启动 ResEdit 来修改 Mac 的开机音效，进而也就不能在一天中的任何时间鼓捣计算机并同时避免把父母吵醒……也许 iPad 是数字历史中'黑客时代'终结的信号。"②

但也有可能情况并非如此。随着 iOS 操作系统每一个新版本的发布，都有一小群独立程序员和黑客开始动手破解它并移除限制，让他们的设备能够运行未经授权的软件并使用不同的运营商。这么做从某种程度上已经成为了猫捉老鼠的游戏，越狱者将 iOS 产品破解，苹果发布软件更新让这些破解失效，接着越狱者再寻找另一条出路。实际上，第一个破解 iPhone 并突破其限制，让它能够使用不同运营商的人叫做乔治·霍兹（George Hotz），而当时他只有 17 岁。③显然，黑客时代还远未结束。

然而，人们对于黑客活动的观点已经改变。2009 年，苹果向美国版权局递交了一份申请，试图让其将破解 iPhone 定为违法行为，声称破解这些设备会让制作病毒、侵犯隐私以及制作盗版软件者有机可乘。不过，版权局在一年后作出了决

---

① 马克·皮尤格林，"修补匠的夕阳"（Tinkerer's Sunset），Dive Into Mark，2010 年 1 月 29 日，http://diveintomark.org/archives/2010/01/29/tinkerers-sunset。

② 亚历克斯·佩恩，"在 iPad 上"（On the iPad），2010 年 1 月 28 日，http://al3x.net/2010/01/28/ipad.html。

③ 卡伊·吕斯达尔（Kai Ryssdal），"我们小组破解了 iPhone！"（I Partied and I Unlocked the iPhone！），"美国公开媒体：市场"（American Public Media: Market Place），2007 年 8 月 24 日，http://marketplace.publicradio.org/display/web/2007/08/24/i_partied_and_i_unlocked_the_iphone。

定：越狱是合法的。[①]可是，苹果依然拒绝为越狱的 iPhone 提供支持，因此如果破解了这款设备，那么你的保修就失效了。所以，苹果至少让破解变成为没有实施意义的行为，而开发者条例中说明，将应用共享到非授权的应用商店的开发者可能会被取消许可证。最终，苹果制造出了黑客行为不道德的观点，这可能会剥夺新一代程序员探索、试验以及最终革新的动机。从总体上说，这种发展对于网络和数字软件的未来是非常令人惊恐的，因为正如佩恩和皮尤格林指出的那样，世界上最好的程序员也都是黑客。"如果 iPad 能够提供多媒体课本之类的东西，那么它的出现对于传统教育而言可能就是天降甘霖，但是从目前的形式来看，它对于让数字经济繁荣起来的黑客文化而言是一种伤害。"佩恩说。

总的来讲，苹果牢牢锁住 iOS 平台的控制欲必然会遭到批评，甚至苹果的一些合作伙伴也都开始将矛头转向了它。谷歌又怎么能错过抢先对其发起攻击的机会呢？

## 一种"开放的"选择

这段友情一开始看起来是如此美好。当史蒂夫·乔布斯在 2007 年推出 iPhone 时，他自豪地夸耀道，这款手持设备将带有谷歌的地图和搜索服务。乔布斯露出灿烂的微笑，欢迎他的朋友、谷歌当时的 CEO 埃里克·施密特（Eric Schmidt）上台。

"恭喜恭喜，史蒂夫！你做得太棒了。"施密特在 Macworld 2007 上面对观众说道，"好了，史蒂夫，我现在有了加入（苹果公司）董事会的特权，而且我们双方的董事会之间有着深厚的合作关系。我觉得，如果可以从某种程度上将这两家公司合并起来，我们可以叫它 Applegoo，只可惜我不是管市场营销的。"[②]

---

① 詹姆斯·H. 比灵顿（James H. Billington），"国会图书馆对于行政程序法第 1201 条的相关声明"（Statement of the Librarian of Congress Relating to Section 1201 Rulemaking），美国版权署（US Copyright Office），2010 年 7 月 26 日，http://www.copyright.gov/1201/docs/librarian_statement_01.html。
② 蒂姆·吴（Tim Wu），"大美利坚信息帝国"（The Great American Information Emperors），Slate，2010 年 11 月 11 日，http://www.slate.com/id/2272941。

一年半之后，第一款由谷歌支持的手机登陆市场时，很显然施密特对于与苹果公司合并毫无兴趣。2006 年，谷歌收购了 Android，这是一家位于帕洛阿尔托的新兴移动公司，不过当时谷歌的计划还依然笼罩在层层迷雾之中。Android 移动操作系统首次出现在 HTC 制造的一部名为 G1 的设备上，它和 iPhone 一样，是一款通用设备，带有一块触摸屏，有着可以点击的图标并支持第三方应用。各大媒体很快就给 Android G1 贴上了"iPhone 杀手"的标签。谷歌与 iPhone 的竞争愈演愈烈，它在稍后发布了第一款谷歌品牌的手机 Nexus One，这款手机是这家搜索巨头与 HTC 合作设计的。因此，后来施密特由于"利益冲突"从苹果的董事会中辞职就毫不奇怪了。[①]乔布斯被竞争对手的所作所为激怒了，他在一次非正式会议上对员工讲话的情景就好像是一个军官在动员他的部队投入战争。

在最近的几年里，这两大巨头一次又一次地发生碰撞。它们不只是移动产业中的两个竞争对手，还是为了媒体命运控制权而战斗的两家大型公司。到目前为止，这两家公司都在数个相同的竞技场——数字图书、网页浏览器、PC 操作系统、音乐、广告、地图、搜索、电视、个人广播以及移动广告——中开展业务、组织合作伙伴，或者进行并购。有时候，双方会像要存心搅扰对方一样努力争取一些相同的公司，例如卖给了谷歌的移动广告公司 AdMob 和卖给了惠普的 PDA 领域的先锋 Palm。"我们并没有进入搜索业务，"乔布斯说，"但他们却进入了手机业务。他们不可能把 iPhone 干掉。我们是不会束手就擒的。"有一名员工想要换个话题，但谁都无法阻止乔布斯这番激烈的演说。"我想要先回头谈谈前面那个问题，但是还要再说一句。什么'不作恶'的信条，这根本就是一坨屎。"[②]

然而，谷歌可不是一个甘愿挨打的主，这家公司毫不留情地在 2010 年 Android 开发者大会讲台上对它的对手爆出了挑衅之语。"要是谷歌不行动起来的话，我们

---

① 卡罗琳·麦卡锡（Caroline McCarthy），"谷歌的施密特从苹果董事会退出"（Google's Schmidt Resigns from Apple Board），CNET，2009 年 8 月 3 日，http://news.cnet.com/8301-13579_3-10301612-37.html。

② 约翰·C. 埃布尔（John C. Abell），"谷歌'不作恶'的口号是'放屁'，Adobe 是懒虫：苹果的史蒂夫·乔布斯（第二次更新）"（Google's "Don't Be Evil" Mantra is "Bullshit," Adobe Is Lazy: Apple's Steve Jobs (Update 2)），《连线》，2010 年 1 月 30 日，http://www.wired.com/epicenter/2010/01/googles-dont-be-evil-mantra-is-bullshit-adobe-is-lazy-apples-steve-jobs。

的未来就会如同《德拉科法典》一般严峻苛刻，届时，我们的选择将只有一个人、一家公司、一种设备和一家运营商，"谷歌的工程副总裁维克·刚铎（Vic Gundotra）站在听众面前，背后是投影的幻灯片，描绘着有如乔治·奥威尔（George Orwell）的《1984》一般的故事，"如果你信奉开放，如果你信奉选择，如果你信奉每一个人的创新，那么，欢迎你使用 Android。"[1]

谷歌对抗苹果的主要武器就是它一开始对于开放和选择的承诺。谷歌几乎所有的因特网服务都可以在任何种类的带有网页浏览器的设备上使用，然而苹果的大部分媒体服务都需要有苹果制造的硬件。Android 操作系统是开源的，这意味着程序员能够自由地修改其源代码，从而发现一些特殊的功能，例如因特网中继。在移动应用方面，谷歌也拥有自己的应用商店——Android 市场（Android Market），它和苹果的商店一样，也禁止色情内容、恶意软件以及侵犯隐私的应用，但是和苹果的应用商店所不同的是，Android 市场允许用户"打开边门"，使用那些开发者在网络上的非官方商店或门户中提供的未经许可的应用。最后还有同样重要的一点，谷歌建立了开放手持设备联盟（Open Handset Alliance），它和硬件制造商（而非运营商）结盟，制作开放、美观、强大，并且不受无线运营商的那些人尽皆知的古怪想法所影响的手机。我们都知道，那些古怪的想法会拖慢设备的速度，阻止新功能的创新，为那些它们内置的功能收取额外费用，并且控制其设备所能做和不能做的事情。为了进一步兑现其对于网络"开放性"的承诺，谷歌还发布了一款名为 Chrome 的轻量级 PC 操作系统，这是一款改进过的浏览器，可以运行网络应用，并且兼容任何安装了谷歌 Chrome 网页浏览器的 PC。谷歌的行动还在继续，看着苹果和谷歌之间存在那么多相互冲突的区别，事后想想，施密特居然曾经是苹果董事会的一员，这实在是太令人震惊了。

好消息是，谷歌为程序员和媒体创作者提供了更为开放的选择，让他们能够

---

[1] 普里亚·贾纳帕提（Priya Ganapati），"谷歌推出谷歌电视、新的 Android 操作系统"（Google Introduces Google TV, New Android OS），《连线》，2010 年 5 月 20 日，http://www.wired.com/gadgetlab/2010/05/ google-introduces-google-tv。

发布自己创作的内容。坏消息是，谷歌在无线世界中的开放运作方式节节败退，这个搜索巨人已经投降，将控制权交给了运营商。

2010 年 8 月之前，谷歌在维持其表面上乐善好施的"开放"政策中的业绩是无懈可击的，但在此之后，许多评论家对于这个搜索巨人的"不作恶"信条丧失了信心。当时，谷歌在和 Verizon 的合作中起草了一份合约，很大程度地将移动因特网置于公司的控制之下。

## 互联网和"不联网"

多年来，在众所周知的"网络中立"运动中，因特网活动家一直在推动法律的发展，试图通过立法让因特网成为一个开放的游乐场。其原则是，因特网服务提供商（后称 ISP）和政府都不能对因特网上，或者与之相连的任何装备上的任何类型的内容、服务或者通信方式加以限制。网络中立的支持者担心，未来公司和宽带产业会限制某些类型的因特网应用程序或内容，以此伤害其竞争对手。谷歌也是其众多支持者之一，而且是提倡网络中立的最大的公司，但到了 2010 年 8 月 9 日，一切都不同了。

谷歌多年来都是倡导网络中立的最大公司。谷歌和 ISP 是天生的敌人。对谷歌而言，利害关系很简单：因特网服务的价格越低、速度越快，使用网络的人就会越多，从而就会给谷歌提供更多的广告收益。对 ISP 而言，他们花了许多年的时间建立网络，结果眼睁睁地看着主要收益都进了像谷歌这样的通过 ISP 的管道向订阅者提供服务的公司的腰包。各家 ISP 都发现，真正赚钱的地方并不是公共事业，而是向订阅者提供额外的服务。

但是，随着 Android 智能手机操作系统的出现，谷歌和 ISP 以及移动运营商之间的关系开始发生了变化。这个搜索广告的巨头需要运营商选用 Android 设备，所以转而允许运营商在其销售的运行 Android 系统的智能手机上捆绑特殊服务。

这种新的关系在 2010 年 8 月 9 日催生出了一项令人始料未及的提案。在一份名为《有关开放因特网的提案》的文档中,谷歌和 Verizon 描绘出了一个框架的轮廓,他们声称这将"保护开放的未来",方法是确保任何种类的因特网流量都不会相对于其他类型的流量享有任何优先特权。[①]这份七层提案中的措辞非常含糊。

他们提出了一种框架,要求允许客户:

(1) 根据他们的选择,发送和接受合法的内容;

(2) 根据他们的选择,运行合法的应用程序并使用合法的服务;

(3) 在不会损害网络或者服务,不会帮助窃取服务,或者损害服务的其他用户的情况下,连接他们所选择的合法设备。

其中"合法的"一词将为因特网服务提供商打开进行反盗版窥探的大门,这就像是唱片业和电影业多年来一直在推行的那样,尽管要想通过计算机来解析什么是盗版内容、什么是合法内容几乎是不可能的。不仅如此,谷歌和 Verizon 提议让"独立的"第三方对那些不合法的对象强制实施规则,而不是让 FCC 进行。DSLReports.com 的编辑卡尔·伯德(Karl Bode)针对这一点指出,这些第三方很可能是电信业自身组建的团体:"由 AT&T、Verizon 和他们庞大的说客联盟(其中包括被劫持的政治团体、受贿的政界喉舌和虚假的消费者倡议组织)所建立的冒牌管理机构。"[②]

谷歌和 Verizon 发表的协议,是这么说的:

FCC 将通过个案裁决的方式执行消费者保护和非歧视要求,但至于这些条款,他们没有任何制定规则的权利。我们鼓励各方采用由独立的、

---

① 阿兰·戴维森(Alan Davidson)和汤姆·陶克(Tom Tauke),"有关开放因特网的联合政策的提议"(A Joint Policy Proposal for an Open Internet),谷歌公共政策博客(Google Public Policy Blog),2010年 8 月 9 日,http://googlepublicpolicy.blogspot.com/2010/08/joint-policy-proposal-for-open-internet.html。

② 卡尔·博得(Karl Bode),"Verizon、谷歌宣布其网络中立策略"(Verizon, Google Announce Their Net Neutrality Solution),DSL 报告(DSL Reports),2010 年 8 月 9 日,http://www.dslreports.com/shownews/Verizon-Google-Announce-Their-Net-Neutrality-Solution-109810。

被广泛认可的因特网社区管理倡议所建立的非政府的争议解决过程，而FCC需对这些团体所作的决定或者建议性观点适当地给予尊重。

不仅如此，谷歌和Verizon建议分割出一条独立的通道，作为宽带提供商开发例如健康监控这样的新服务的"附加的、不同的在线服务"，换句话说，就是因特网中的一个私人区域，而这就与他们所宣称的提案——避免因特网上任何类型的内容存在优先特权——自相矛盾了。

最后，在这一提案的一条极其含糊的条款中，这两家公司建议将无线移动因特网看做一种独立的频道，使其不受这些开放性规定的约束。"我们都认识到，无线宽带和传统的有线世界是不同的，部分原因在于，移动市场的竞争更为激烈，变化也更为迅速，"谷歌的公关政策主管阿兰·戴维逊（Alan Davidson）和Verizon的公关事务、政策与交流执行副总裁汤姆·陶克（Tom Tauke）写道，"在认识到无线宽带市场在本质上尚处于萌芽阶段时，我们在这一提案的规定下不会现在就把有线通信的大部分原则运用到无线通信中去，除非是为了透明性的需求。"

尽管谷歌在过去一直忠实地遵守着它的开放政策，但是网络中立的支持者指出，这一提案漏洞百出，将很可能把开放网络一分为二，使其就此破灭。

在这一提案中，最令人感到不安的一点就是有关"无线"网络的含糊条款。为什么谷歌和Verizon不想对手机的因特网施加任何"开放性"规定，或者说，从根本上为什么要存在独立的移动设备因特网呢？无论他们有何动机，这一提案的措辞很可能会让谷歌和电信业得以根据他们自己的利益控制手机的因特网连接。例如，谷歌可以做一笔交易，让YouTube的视频流速度比竞争对手的视频流更快，或者，电信公司可以提高他们所提供的服务的速度，同时降低小公司为连网手机提供服务的速度或提高他们的费用。

简而言之，谷歌、Verizon以及电信业中的其他大公司有可能会为自己保留移动网络中高速而昂贵的部分。这将导致那些较小的、没那么富有的新兴公司或者独立程序员发送其内容时的速度太慢、提供其服务时的成本太高，从而让他们制作的手机应用的竞争能力被大幅削弱。这难道不是对于创新的打压吗?

答案将在几年内见分晓。就在 Verizon 和谷歌发表了提案的几个月后,FCC 通过了一些网络中立规定,强化了对于有线宽带的管制,但并没有正式地将所有的中立保护条款扩展到无线网络中。但 FCC 的确迈出了比谷歌和 Verizon 所建议的更远的一步:禁止移动运营商彻底阻止任何网站;要求客户能够通过智能手机使用基于因特网的呼叫服务,例如 Skype;禁止像 Verizon 这样的公司对在线视频网站有所偏袒。尽管如此,FCC 的规定还是允许许多例外情况存在,而且缺乏针对 DSL 和有线公司的硬性规定,这让许多人都认为无线网络很有可能会为高级客户提供高价的高速通道,而这将在未来牢牢扣住这些网络的死穴。

"Verizon 和谷歌之间有关如何管理因特网流量的合约只不过是两家巨型公司之间的私下合约而已,不应该成为国会或者 FCC 法案的模板或者基础,""公众知识"(Public Knowledge,这是一个公益集团,其目的是在如今正浮现而出的数字时代中争取公民权利)的主席兼创始人吉吉·B. 索恩(Gigi B. Sohn)说,"它不具有强制执行效力,而且对于保护开放的因特网几乎毫无益处。最关键的是,当这一平台对于所有美国人的生活而言占据的地位越来越强时,它就会葬送移动无线因特网的未来。"①

所以,我们看到两家为了掌握媒体命运而相互搏斗的巨头——苹果和谷歌,前者旨在创建一系列独有而排他的媒体频道,创造出一种有助于销售硬件的体验,后者将自己安置在一个战略高地上,力争在受约束的移动网络中占有优势。苹果通过其应用商店规定了第三方生产的内容类型和生产方式,虽然在这一方面谷歌可能提供了一种更开放的选择,但这家搜索巨头与 Verizon 共同推出的提案表现出了一种企图,想要在因特网中创造出一个独立、封闭的部分,从而让它能够支配

---

① "公众知识称 Verizon-谷歌的合约'只是两家巨型公司的私下合约'"(Public Knowledge Says Verizon-Google Agreement Is "Nothing More Than a Private Agreement between Two Corporate Behemoths"),公众知识(Public Knowledge),2010 年 8 月 9 日,http://www.public knowledge.org/public-knowledge-says-verizon-google-agreement-not.

那些较小的内容创作者。虽然谷歌一个劲地吹着它那"开放"的号角，但它也同样提倡在网络中创建一个封闭区域。

## 移动之魂

我们要提出一个重要的问题：为什么苹果非得控制一切呢？为什么要制定出那些严苛的规定，限制应用的制作方式，以及在 iPhone、iPad 或者 iPod Touch 上所允许运行的应用呢？这时我们就应该想起来，一开始关键的一步就是从运营商那里夺取控制权。在过去，运营商几乎控制着有关移动体验的一切事物，他们决定手机将附带哪些功能，以及激活额外的功能需要支付多少费用。毫无疑问，运营商想要夺回一部分控制权。

Infinity Softworks 的 CEO 艾丽娅·弗里德曼（Elia Freedman）在移动软件业已经工作了 13 年，她说，围绕着移动之魂，正在上演一场残酷的大战。"我们过去一直被那场已经进行了 20 年之久的宿命之战所吸引，其中谷歌是微软，而苹果就是苹果，"弗里德曼写道，"但是，这场战斗根本就不是我们应该关心的。我们应该探讨，但却并没有探讨的战斗，是移动设备制造商和运营商之间的战斗。这是唯一一场真正事关重大的战斗。"①

在一开始将控制权割让给苹果，让它创造出 iPhone 体验之后，运营商开始反击了。谷歌的 Android 手机就说明了这一问题。有些 Android 手机在销售时就带有臃肿软件——运营商强行安装在手持设备上的软件，客户无法将其删除。接着，谷歌的旗舰级智能手机 Nexus One 登场了，它在销售时是没有锁定的，可以兼容任何运营商。这款设备在销售时甚至还解锁了 bootloader（启动加载器），这就允许程序员直接接触这款智能手机的开放源代码，从而进行修改，实现他们所需要的功能。然而，当运营商拒绝为 Nexus One 提供服务时，谷歌就由于低迷的销量而被迫终止了这款设备的销售。

---

① 艾莉娅·弗里德曼，"在错误的战场作战"（Fighting the Wrong Fight），Elia Insider，2010 年 9 月 14 日，http://eliainsider.com/2010/09/14/fighting-the-wrong-fight。

所以，虽然评论家将苹果对于 iPhone 平台的严密控制描述为"德拉科法典"，但它确实具有一定的优点。在过去运营商掌握方向盘时，我们作为客户的自由度更小。现在虽然应用开发者将部分控制权贡献给了苹果和谷歌这样的公司，但最终，他们有机会销售移动应用，因此与 2007 年之前相比，他们有了更大的自由度。

"这是一场战争，"弗里德曼写道，"而且，这场战争和苹果与微软之间的战斗完全不同。这是有关体验的控制权的战争，是决定谁能够与客户进行互动的战争。"放眼不远的将来，也许我们应该提出的问题是，永远连网的小装置上的媒体是否将我们囚禁成了独立的个体？过分热衷于"任何事情、任何时间、任何地点"的未来对我们意味着什么？我们会更聪明，还是会更愚蠢？是会得到更多的功能，还是只能彻底地依赖于这些设备？我们会更幸福呢，还是会更绝望？答案绝不是能够轻易得出的。

# 第6章

# 更聪明还是更愚蠢

19 岁时，挪威小伙马格纳斯·卡尔森（Magnus Carlsen）成为了历史上最年轻的世界头号象棋棋手。实际上，他 13 岁时就已经成为象棋大师了。[①] 尽管有着丰硕的成就，他并不认为自己是传统意义上的天才。实际上，在媒体访谈中卡尔森曾说，他害怕的是知道得太多反而会成为一种祸端。为了证明他的观点，卡尔森提到了一位在英国最强但从未登顶世界第一的象棋棋手约翰·纳恩（John Nunn）。"我相信，英国人约翰·纳恩从来没有成为世界冠军的原因就是，他太过聪明了，"卡尔森解释道，"在 15 岁时，纳恩就开始在牛津大学学习数学。他是最近 500 年来最年轻的学生，而且在 23 岁时就取得了代数拓扑学的博士学位。他的头脑里有着极多的知识。而问题就在于他的知识太多了。极其强大的理解力和对于知识永恒的渴求让他无法将心思完全放在象棋上。"[②]

相反地，卡尔森将自己描述为迟钝而马虎的人。他说："我不擅长组织，我思维混乱而且很懒。"状态不错的时候，他会训练很久。但状态不佳时，他就毫无心思了。

听起来，这位象棋大师和普通的青少年并没有什么不同。实际上，和大部分青少年一样，卡尔森的业余时间大部分都花在了计算机游戏，以及其他消磨时间

---

① "马格纳斯·卡尔森：官方网站"（Magnus Carlsen: The Official Website），马格纳斯·卡尔森，http://www.MagnusCarlsen.com。

② 迈克·格罗瑟卡索佛（Maik Grossekathöfer），"我就那么混乱而懒惰"（I Am Chaotic and Lazy），*Der Spiegel*（英语翻译），2010 年 3 月 15 日，http://www.chessbase.com/newsdetail.asp?newsid=6187。

的事情上，例如玩拼图游戏或者看电视。11 岁时，他开始在网上和其他玩家对弈，准备参加象棋锦标赛。

卡尔森将他世界冠军的成就归功于在因特网上的经历。他说，他学习的速度要比过去的几代人更快——他所得到的这一优势不仅归功于因特网，也多亏了他的家人。当卡尔森 13 岁的时候，父亲将他和他的几个姐妹从学校里领了回去，全家外出旅游了一年。他们一边驾车到奥地利、黑山共和国、希腊、意大利和匈牙利旅游时，父母一边把知识教给了他和他的姐妹。"那真是太神奇了，要比在学校里坐着有效得多，"卡尔森在谈论 13 岁那年的旅行时说，"我认识到，这就是一人必须照看 30 名小学生的老师所面临的问题。但是，缓慢的速度让我灰心丧气。我一点都不想念学校。"

这位年轻的象棋大师成为了一个很好的个案，代表了在如今永远在线的文化中成长起来的受到网络影响的年轻人。他并不是因为在教室中系统化地学习才成为了象棋神童，滋养他的是贯穿整个数字世界的凌乱、混杂和矛盾。通过在网络上下象棋，卡尔森面对的是全世界各种各样的不同棋手的策略，他们的年龄、种族、综合技术都参差不齐。正因为这个原因，他预言凭借这种可以更快学习的优势，很快就会有更年轻的孩子将他赶下王座。"如今，孩子们在更早的年纪便开始使用计算机，他们已经在屏幕上学习规则了。从这一方面来讲，我已经过时了。技术的进步催生了越来越年轻的顶级棋手，他们正从世界各地涌现出来。"

然而，尽管有很多这样的成功故事，但越来越多的声音表示，永远在线的技术正在破坏我们专心致志的能力，结果，就让我们变得愚笨了。评论家认为，连网的笔记本计算机、智能手机以及视频游戏机会分散注意力，让人的大脑变笨。就连以懂科技著称的巴拉克·奥巴马总统也持类似观点。"你们在这样一个一天 24 小时、一周 7 天的媒体环境中长大成人，在其中受到各种各样内容的轰炸，接触各种各样的观点，而其中有些在真实性上并不是那么可靠，"他在访问汉普顿大学（Hampton University）时这样告诫那里的学生，"有了 iPod 和 iPad，还有 Xbox

和 PlayStation——我都不知道该怎么使用它们，信息变成了某种消遣和娱乐，而不是一种获取能力的工具，也不是解放思想的手段。可见，这一切都不仅仅是对你们产生了压力，还对我们的国家、我们的民主产生了压力。"①

奥巴马代表所有人对永远在线的数字时代潜在的破坏力作出这样的讲话，这可以说是颇具讽刺意味的。奥巴马通过他一天 24 小时、一周 7 天的网络视频数字闪电竞选战、社交网络、Twitter 账户，甚至还有一款 iPhone 应用，击败了对手约翰·麦凯恩（John McCain），成为了美国第一位黑人总统。他从 300 多万人那里积累了 6 亿美元的资金，其中很多人都是通过网络捐款的。②而且还不仅是如此。他的在线支持者发起了 3 万次支持他的活动，而由瑞文·扎卡利（Raven Zachary）开发的一款 iPhone 应用同样推动了人们对他的投票。③因特网让奥巴马的竞选得以成功进行，他比过去任何一位总统候选人都更有效地利用了社交媒体，从而赢得了选举。可是到了现在，他任总统才刚到第二年，却对这一成就了他的现象亮出了黄牌。

由于到处携带一台连网的便携式计算机就意味着，无论身在何方，所在何时，我们都几乎能够获取一切类型的媒体，所以评论家认为，我们一直都处于大规模信息超载的顶峰。就这一点而言，研究人员一直在研究的人类日常任务就是多任务处理，也就是当受到大量数据（例如电子邮件、短信以及即时消息）的轰炸时，快速地在不同任务之间切换的行为。虽然永远在线的生活方式听起来是那么势不可挡，但对于当代心理研究的深入观察发现，并没有任何一致的数据能表明它对于大脑有负面影响。

① 卡尔·弗里希（Karl Frisch），"奥巴马：'一天 24 小时、一周 7 天的媒体……将我们暴露在各种各样的说法面前，其中一些并不很符合真理的尺度'"（Obama: "24/7 Media…Exposes Us to All Kinds of Arguments, Some of Which Don't Always Rank That Hight on the Truth Meter"），*Media Matters*，2010 年 5 月 9 日，http://mediamatters.org/blog/201005090011。
② 莎拉·莱·斯特兰（Sarah Lai Stirland），"在因特网的推动下，巴拉克·奥巴马赢得了总统选举"（Propelled by Internet, Barack Obama Wins Presidency），《连线》，2008 年 11 月 4 日，http://www.wired.com/threatlevel/2008/11/propelled-by-in。
③ 瑞文·扎卡利，"iPhone 的奥巴马 08"（Obama '08 for iPhone），2008 年 10 月 2 日，http://raven.me/2008/10/02/obama-08-for-iphone。

## 破碎的注意力

居住在芝加哥的马特·萨利（Matt Sallee）的生活就像一场永无止境的冲刺短跑，而这些短跑大部分都是在他的手机里进行的。一到早上 5 点，闹铃就响了起来，这个 29 岁的男子乘地铁上班时，他会查看黑莓手机中一晚上收到的 50 封电子邮件。

作为一家 LED 公司的全球业务开发经理，萨利的工作涉及贯穿三大洲的各个时区。从清晨开始，他全天都要给在意大利的老板和在日本的客户发送电子邮件和短信，计划在傍晚和在中国台湾的同事进行电话会议。萨利也经常为了工作飞往异地，他一直随身携带照相机，拍摄下旅途中的照片，并在他的网站上销售摄影作品，以此作为他的副业。

萨利已为人夫，还养了一只狗。他的妻子同样是个工作狂，这也是让他们维持关系的部分原因。然而，当他们单独在一块儿时，他们就彻底抛开这一切，在晚饭时间，或者在周末徒步、骑自行车或者滑雪旅行约会时，他们不允许有工作上的电话，也不可以谈论工作。"我很喜欢同时处理 10 件不同的事情，不过对我而言，它们都是分成一小块一小块完成的，而当我需要提交重大进展成果时，不必挑灯夜战到最后一刻，"萨利说，"只要花一个小时，把所有的小部分组成一个整体，任务就完成了。"[1]尽管有众多报导都指出到处携带智能手机会破坏人们的专注力、撕裂社交纽带，并且改变我们大脑的行为方式，但萨利还是喜欢把自己当成一个极佳的身兼数职者。

"永远在线的网络"正从根本上消除家庭与办公室之间的界限，从而改变人们工作和娱乐的方式，这已经不是什么新闻了。但是一个人的精神可以分散到什么程度？相关研究尚处于初级阶段，但是还没有发现什么确凿的证据，证明一天 24 小时、一周 7 天持续访问信息对人有什么危害。尽管如此，惊慌失措、精神涣散

---

[1] 布莱恩·陈，"救命！我的智能手机正把我变成白痴——或许不是这样"（Help! My Smartphone Is Making Me Dumb-or Maybe Not），《连线》，2010 年 10 月 4 日，http://www.wired.com/gadgetlab/2010/10/multitasking-studies。

的工人为了越来越小的社会和经济回报越来越努力地卖命工作，这样的场景是评论家最喜欢的攻击目标。①

虽然在电影院排队买爆米花时看到有人用手机煲电话粥让人不快，但这些设备（和它们所鼓励的多任务工作方式）是否会对我们的心灵造成极大的伤害，甚至可能从本质上改变我们大脑的工作方式呢？智能手机（和在它之前的谷歌、电视、漫画以及电影）是否真的让我们变得愚蠢了呢？

斯坦福大学的教授克利福德·纳斯（Clifford Nass）在 2009 年有一个很有意思的发现。②纳斯与一群大学本科生一起，着手研究了媒体多任务对于注意力和任务切换的影响。首先，他对 262 名学生进行了一次问卷调查，请他们自己报出在 12 种媒体活动中所花费的时间，其中包括读书、看电视、观看在线视频、玩电子游戏、听音乐等。纳斯将达到某一阈值的对象定为重度多任务者，并把那些低于该阈值的定为轻度多任务者。在分完组之后，纳斯接着进行了几组测试。

在一组测试中，他给出了有许多蓝色方块围绕着红色方块的图片，让学生匆匆瞥一眼，然后回想红色方块的方位，学生必须指出在不同的图片中，红色方块的位置是否发生了转换。重度多任务者在关注红色方块时非常吃力，因为他们很难忽视蓝色的方块。

另一组测试则是为了测试任务切换的能力，参与者会看到一个字母和数字的组合，例如"b6"或"f9"，接着他们要进行下面的某项任务：其一，如果参与者看到了奇数，那么就要按左边的按钮，如果是偶数，则按右边的按钮；其二，他们要切换任务，改成看到元音按左边的按钮，看到辅音则按右边的按钮。在每一

① 杨娜·安德森（Janna Anderson）和李·雷尼（Lee Rainie），"第四代互联网的未来"（The Future of the Internet IV），华盛顿特区：佩尤因特网和美国生活项目（Pew Internet and American Life Project），2010 年 2 月 19 日。

② 艾亚勒·俄斐（Eyal Ophir）、克利福德·纳斯和安东尼·D. 瓦格纳（Anthony D. Wagner），"多任务者的认知控制"（Cognitive Control in Media Multitaskers），《美国国家科学学术公报》（*Proceedings of the National Academy of Sciences of the United States*）第 106 期，37 号刊（2009 年 9 月 15 日）：15583-15587。

组字母和数字的组合出现之前，他都会给参与者提示要进行哪一项任务，但是，虽然有了提示，当切换任务时，重度多任务者平均的反应时间还是要比轻度多任务者慢上半秒钟。总的说来，斯坦福大学的这次研究表明，被定为重度多任务者的人们相比轻度多任务者，对于单一的任务更难以集中注意力，而在不同任务之间切换时的表现也更差。"我们有证据证明，重度多任务者在管理短时记忆和面对切换任务时的表现更差一些。"纳斯告诉我。

斯坦福大学的媒体与任务研究是 2009 年最热门的社会科学案例，自然而然地，有许多怀疑者对其结果进行了仔细的核查。有的人指出，这其中依然存在有关因果关系的争议问题：是多任务损伤了人们的注意力和切换任务的能力，还是这些有重度多任务者倾向的人们本来就是精神易涣散的人呢？对这一研究的结果同样可以作出不同的解释，你可以认为方块试验中的多余元素能够轻易地让这些学生分神，也可以认为这些学生可能有着更宽广的注意力网络，更容易获取外围信息。最后同样重要的一点是，其样本大小是比较小的，在了解了 262 名接受问卷调查的学生的情况之后，只有 15 名轻度多任务者和 19 名重度多任务者参与了研究试验。宾夕法尼亚大学语言学博客《语言志》（*Language Log*）的编辑马克·李伯曼（Mark Liberman）说道："由于这一研究的目的是了解 12 种不同形式'媒体'之中的互动效果，只有 19 名'重度媒体多任务者'接受了测试，这是很有问题的，而且我们不知道他们实际上自称参与到了何种媒体多任务之中。"[1]在因特网论坛中，纳斯甚至承认了他对于样本太小的担忧，称正在进一步研究多任务对于大脑的影响。

尽管有关媒体多任务的研究在很大程度上依然是一片未勘探的领域，但有些媒体作家急切地想要得出结论。尼古拉斯·卡尔（Nicholas Carr）引用了斯坦福大学的多任务研究，作为他的《浅薄：互联网如何毒化了我们的大脑》一书中的关

---

[1] 马克·李伯曼，"重度媒体多任务者真的是重度媒体多任务者吗？"（Are "Heavy Media Multitaskers" Really Heavy Media Multitaskers?），《语言志》（*Language Log*），2010 年 9 月 4 日，http://languagelog. ldc.upenn.edu/nll/?p=2607。

键部分。①利用纳斯的发现，卡尔断言因特网正粉碎我们的注意力，重新构造我们的大脑，让我们成为浅薄的思考者。卡尔指出，由于这种持续的数据流在我们的日常生活中不停地流进流出，从工作记忆到长期记忆流动的信息变少了，而这削弱了我们思考的能力和学习的能力。

随着卡尔著作的出版，《纽约时报》推出了一套名为"计算机上的大脑"的特色连载，其中收集了许多故事，历数了过载的数字设备所带来的负面结果。其中头版文章的标题有"数字设备剥夺了大脑所需的休息时间"②、"依附于技术就要付出代价"③以及"越来越多的美国人意识到了连网生活的负面性"④。这一连载的作者马特·里奇泰尔（Matt Richtel）利用了一些与人类的多任务行为无关的研究，例如有一项研究表明老鼠需要休息，然后才能吸收新的经验，他以此来支持他的论题：永远在线设备的多任务行为正在伤害人类的大脑。

在这里，有风险的是一系列有关社会政策和个人生活方式的重大选择。如果事实的确如马特·里奇泰尔所说，现代的数字多任务行为会导致严重的认知障碍，甚至造成大脑损伤，那么我们就急切需要在社会和个人方面做出重大改变。在这么做之前，我们需要更确凿的证据，证明在认知障碍和媒体多任务行为之间存在确实的联系。⑤

有关媒体多任务的研究尚处于早期阶段，但是有一项研究已经开始挑战所谓

---

① 尼古拉斯·卡尔，《浅薄：互联网如何毒化了我们的大脑》，纽约，W. W. Norton，2010。

② 马特·里奇泰尔，"数字设备剥夺了大脑所需的休息时间"（Digital Devices Deprive Brain of Needed Downtime），《纽约时报》，2010 年 8 月 25 日，http://www.nytimes.com/2010/08/25/technology/25brain.html。

③ 马特·里奇泰尔，"依附于技术就要付出代价"（Attached to Tecnology and Paying a Price），《纽约时报》，2010 年 6 月 7 日，http://www.nytimes.com/2010/06/07/technology/07brain.html。

④ 马乔里·康奈利（Marjorie Connelly），"越来越多的美国人意识到了连网生活的负面性"（More Americans Sense Downside to Being Plugged In），《纽约时报》，2010 年 6 月 7 日，http://www.nytimes.com/2010/06/07/technology/07brainpoll.html。

⑤ 艾亚勒·俄斐（Eyal Ophir）、克利福德·纳斯和安东尼·D. 瓦格纳（Anthony D. Wagner），"多任务者的认知控制"（Cognitive Control in Media Multitaskers），《美国国家科学学术公报》（Proceedings of the National Academy of Sciences of the United States）第 106 期，37 号刊（2009 年 9 月 15 日）：15583-15587。

人类的大脑并不适合执行多任务这个观念了。犹他大学 2010 年发表的一项研究表明，有些人是极佳的多任务者，他们在研究中被称为"超级任务者"（supertasker）。①研究人员杰森·M.华生（Jason M. Watson）和戴维·L. 斯特拉耶（David L. Strayer）请了 200 名大学本科生乘坐一台驾驶模拟器，他们需要坐在上面"开车"跟随一辆虚拟的汽车，前车刹车灯亮起时就要踩刹车，同时他们还要执行各种各样的任务，例如记住一系列事物的顺序并回忆起来，或者解答数学问题。

华生和斯特拉耶根据这些学生完成任务的速度和准确度对他们进行分析，这两位研究人员发现，有一小部分人（大约 2.5%，3 名男性和 2 名女性）在进行多任务时的表现相比单任务时丝毫没有退步。确切地说，这些少数人在进行多任务时的表现更为优异。不仅如此，和斯坦福大学的研究结果截然不同的是，超级任务者在任务切换和进行个体任务时的表现要比同组的其他成员更好。

然而，同组的其他成员在处理双任务时，总体表现比处理单任务确实有所降低，这表明绝大多数人可能确实在进行多个活动时会降低速度。但是，华生和斯特拉耶说，存在超级任务者这一事实与流行的理论——人类大脑不适合多任务——相悖。"结果表明，我们之中存在超级任务者，这些稀有但又很有意思的个体具有超乎寻常的多任务处理能力，"华生和斯特拉耶写道，"这些个体差异非常重要，因为他们对于目前的理论是一种挑战，现有理论认为在双任务处理的表现上存在着固有的瓶颈。"

我们需要始终记住，一天 24 小时、一周 7 天的多任务生活方式根本就不是什么新鲜事物。虽然我们中的大部分人都不是"超级任务者"，但多任务一直都存在于我们一生的日常世界里。我们可以一边奔跑，一边运球，可以一边听讲座，一边记笔记，而且可以一边听音乐，一边在公园里慢跑。实际上，哥伦比亚安蒂奥基

---

① 杰森·M. 华生和戴维·L. 斯特拉耶，"超级任务者：超常多任务处理能力的档案"（Supertaskers: Profiles in Extraordinary Multitasking Ability），《心理规律学报与评论》（*Psychonomic Bulletin & Review*），第 17 期（2010）：479-485。

亚大学（Universidad de Antioquia）的临床神经心理学家沃恩·贝尔（Vaughan Bell）指出，最常见、信息密度最大，而且对注意力要求很高的任务就是照顾小孩。"如果你认为 Twitter 是吸引注意力的磁铁，那么可以试试和一个婴儿住在一起，"贝尔说，"小孩子是世界上最容易让人分散注意力的东西了，而如果家里有 3 个甚至 4 个小孩子的话，你不仅无法将注意力集中在某一件事情上，而且会倍感压力，因为要是没有小心地照看好孩子，那么后果很可能会不堪设想。"①小孩子的确令人精神分散，英国的一项研究发现，对司机来说，吵闹不休的小孩子会让他们分心，并进而让他们的刹车反应时间延长 13%——酒精的效果也不过如此。②

贝尔补充道，居住在贫民区里的人们虽然很少使用各类技术（例如他所居住的哥伦比亚城市麦德林），但也并非过着不会分心的生活：因为没有自动计时器，所以他们必须看着锅里的菜；他们必须用手洗衣服，而且同时要留意其他的所有事情；当街头小贩经过他们的屋子，大声叫卖的时候，要是错过了，那么一家子可能都得挨饿一整天了。贝尔说，几个世纪以来，全世界每个地方都有大量为了博取我们的注意力资源而相互竞争的需求。

不过，为了给斯坦福大学的研究辩护，纳斯澄清说他的研究关注于媒体多任务者——那些很活跃地上网冲浪、使用 Facebook、听音乐，并且参与其他活动的人们，他说这和物理上的多任务有很大区别。那是因为，有了 iPhone 这样的一切融于一体的设备，我们经常会在没有关系的任务之间转换，比如在开会时阅读电子邮件，或者在写文章时查看 Facebook。"当我们在谈论智能手机时，谈的就是媒体多任务，而这才是我们不适合的方面，"纳斯说，"我们所谓的多任务指的是进行毫无关联的媒体活动：如果处于一片丛林之中，那么我们并不仅仅看着树木，而且还要环顾四周，提防老虎。"③

---

① 瑞文·扎卡利，iPhone'08 iPhone 应用（Obama '08 for iPhone），2008 年 10 月 2 日，http://raven.me/2008/10/02/obama-08-for-iphone。

② C. 瑞尔斯（C. Riels）、N. 里德（N. Reed），"运动的情感：比较不同程度的干扰对驾驶行为的影响"（Emotion in Motion: Comparing the Effect of a Range of Distractions on Driver Behavior），交通研究实验室（Transport Research Laboratory），2011 年（即将发表）。

③ 克利福德·纳斯 2010 年 9 月 25 日接受作者采访。

贝尔回应道，"物理上的多任务"活动之间也可以和媒体任务之间一样毫无关系，他补充道，没有什么科学文献从根本上区分物理多任务和媒体多任务。他还发现，这其中出现了一个因果律的问题：到底是大量使用媒体导致了这些影响，还是那些不容易排除一切干扰专心致志而反复切换任务的人们倾向于同时使用更多的媒体，这尚不可知。而且，对于方块试验，我们可以将其解释为重度多任务者本身精神更易涣散，或者解释为他们只是有着更宽广的注意力网络，更容易获取周边信息。

不过，虽然并不赞成对方的看法，但贝尔还是将纳斯的研究赞为"精彩的"，认为它是这一研究领域中重要的一步。"这是一次很有价值的研究，因为我们需要开始理解信息技术在日常生活中会对我们产生什么样的影响，"他说，"我们过去几乎没有多少此类研究，我们需要更多的相关研究。"[①]

尽管如此，卡尔的《浅薄：互联网如何毒化了我们的大脑》一书依然是对我们一天 24 小时、一周 7 天的在线文化最深入人心的剖析。在书中，他表示因特网正让我们身担数据的重负，从而伤害我们的大脑，最终将人们改造为浅薄的思考者。

## 过载的大脑

在 2007 年，UCLA（加州大学洛杉矶分校）的盖瑞·思茂（Gary Small）教授组织了一个由 6 名志愿者、3 名资深网虫和 3 个新手组成的团队，研究因特网对于大脑活动的影响。[②]在实验中，每位志愿者都要带上一副可以投影出网页的护目镜，这些志愿者在思茂的指挥下浏览因特网，与此同时，他们一个接一个地滑入一个庞大的圆柱形仪器——一台全脑核磁共振成像仪。

---

① 沃恩·贝尔（Vaughan Bell），"多媒体，我们并不需要，不是吗？"（Multi Media, We Don't Need It Do We?），Mind Hacks，2009 年 8 月 25 日，http://mindhacks.com/2009/08/25/multi-media-we-dont-need-it-do-we。

② 盖瑞·思茂和吉吉·沃甘（Gigi Vorgan），"i 大脑：在现代思维的科技变化中生存"（iBrain: Surviving the Technological Alteration of the Modern Mind），纽约，William Morrow，2008。

　　思茂通过观察发现，资深网虫的大脑与新手的比起来相当活跃，特别是在前额叶皮质区域。接着，他在实验对象的护目镜上投影出普通的文本段落，发现在两组对象的大脑活动之间并没有显著的区别。不过，仅仅过了 6 天，思茂就重复了这一测试，发现那些后来同意每天花一个小时上网冲浪的新手们，在大脑活动上已经显现出了巨大的变化。思茂得出结论，因特网正"快速而深远地改变着我们的大脑。"

　　卡尔引用了思茂的研究来证明他的观点——因特网正在重新构造我们的大脑，而且这种改造是消极的。在卡尔书中的某个章节里，他把注意力放到了超文本（因特网链接）的认知效应上，他引用了许多研究结果，表明浏览因特网会导致认知超载，从而扰乱注意力。因此，卡尔认为，因特网在整体上削弱了我们的认知能力，将我们变成了浅薄的思考者：

　　　　我们知道，人类的大脑具有高度的可塑性，神经细胞和突触会随着环境的变化而改变。神经重构领域的先锋迈克尔·莫山尼克（Michael Merzenich）说，当我们适应了一种新的文化现象，包括习惯使用一种新的媒介后，我们就有了一个不同的大脑。这就是说，就算是没在使用电脑，我们在网络上的习惯依然会对大脑细胞的工作方式产生影响。我们正在不断训练那些用于快速阅读和多任务工作的神经回路，而忽略了那些用于深度阅读与思考的神经回路。①

　　卡尔还引用了其他研究表明超链接导致了认知超载。在 2001 年，两个加拿大学者进行了一场研究。他们请 70 个人阅读由伊利莎白·鲍恩（Elizabeth Bowen）写的短篇故事"魔鬼情人"（*The Demon Lover*）。②测试对象被分成了两个小组：

---

① 尼古拉斯·卡尔，"作者尼古拉斯·卡尔：网络粉碎了注意力，重构了大脑"（Author Nicholas Carr: The Web Shatters Focus, Rewires Brains），《连线》，2010 年 5 月 24 日，http://www.wired.com/magazine/2010/05/ff_nicholas_carr。

② 戴维·S. 迈阿尔（David S. Miall）和特丽萨·道卜森（Teresa Dobson），"阅读超文本和文学的体验"（Reading Hypetext and the Experience of Literature），《数字信息杂志》（*Journal of Digital Information*），第 2 期，第 1 号（2001），http://journals.tdl.org/jodi/article/viewArticle/35/37。

一个小组以传统的线性文字格式阅读这个故事，而在每一段的末尾，他们要点击一个"下一段"按钮才能继续阅读；另一组所阅读的版本则要求他们点击高亮的字词才能继续阅读。这一研究发现，阅读超文本的人们在阅读文档时会消耗更多的时间，而且他们感到困惑的可能性会提高 7 倍。卡尔写道："我们被网络的财富迷住了双眼，对于自己对我们的智力生活，甚至是我们的文化所做的破坏茫然不知。"[①]

然而，贝尔和纳斯一致认为，若宣称由于技术的使用而导致了大脑"受损"，这是一种危险而不准确的说法。神经重构（大脑自我改变的能力）已经是一种被普遍滥用的术语了。贝尔说，只有在器官上出现总体的变化时，例如明显的组织损伤或萎缩，才能表明对于大脑产生了"破坏性的"影响。就算大脑活动真的会在人们使用因特网时发生变化，这也没什么大不了的，大脑本就该在每一天的每一刻都不断变化，因为大脑的功能正是如此。

不仅如此，现在还没有任何确切的证据能够证明认知超载是永久的，不能表明当我们离开计算机时它也会影响我们。前述的测试都是监测人们在浏览因特网时的状态，而不是当他们在树林中散步时的状态。"神经重构本就是大脑的功能，"贝尔说，"这就好比一个在犯罪现场的记者说，在这起事件中发生了'运动'一样。这些事情我们早就知道了。"[②]

其次，我们还要牢牢记住另一个观点，那就是，网络浏览正在地变成一个"过时的"技术。超文本只不过是传统网络浏览器的界面元素罢了，而这一界面正在被取代。例如 iPhone、Android 智能手机以及苹果新的 iPad 平板电脑这样永远在线的新式移动设备已经带来了更智能的界面，因此减轻了因特网令人分神的程度，也让数据的利用率更高了。这些新式设备依然带有网络浏览器，而且，

---

[①] 尼古拉斯·卡尔，"作者尼古拉斯·卡尔：网络粉碎了注意力，重构了大脑"（Author Nicholas Carr: The Web Shatters Focus, Rewires Brains），《连线》，2010 年 5 月 24 日，http://www.wired.com/magazine/2010/05/ff_nicholas_carr。

[②] 沃恩·贝尔，"神经塑性要慎用"（Neuroplasticity Is a Dirty Word），*Mind Hacks*，2010 年 6 月 7 日，http://mindhacks.com/2010/06/07/neuroplasticity-is-a-dirty-word。

当然也存在带有超文本的网页，但是它们呈现内容的方式和个人计算机完全不同。因为这些小玩意儿都是新鲜事物，所以我们还需要耐心等待，让研究人员研究它们对于人类大脑的影响。不过，我们已经可以根据过去的研究得出一些结论了。

在 2004 年，一位名叫穆罕默德·德梅尔比雷克（Muhammet Demirbilek）的博士后研究人员在佛罗里达大学进行了一项研究，他请了 150 位学生参与，想了解不同的计算机窗口界面对于学习的影响。[①]他比较了两种界面，一种是平铺式窗口界面，在这种界面下，窗口是完整地挨个显示出来的，另一种是层叠式窗口界面，在这种界面下，窗口像纸张一样层叠在一起。

在一间计算机实验室里，这些参与者被随机地指派为使用平铺式窗口界面模式或层叠式窗口模式。每一种模式都具有一个多媒体学习环境，需要学生完成特定的任务。德梅尔比雷克重点研究学生的定向障碍和认知超载的程度。

为了衡量定向障碍，德梅尔比雷克通过跟踪在完成每项任务时学生所访问的信息"节点"数量（换句话说，也就是每个用户在完成某个活动之前所经历的步骤数），记录下了每个学生的窗口使用方式。在每项任务中，德梅尔比雷克根据学生所访问的节点数量，将这些用户在超媒体系统中标为"有方向的"和"完全迷失的"两类。为了衡量认知过载，他记录下了学生对不同的互动作出反应所需的时间。例如，在研究的某一环节中，参与者需要在某个窗口的背景颜色发生变化时立刻点击一个按钮。

在完成了研究之后，德梅尔比雷克发现，使用平铺式窗口界面比起使用层叠式窗口界面，实验对象的定向障碍的程度小得多。他还发现，参与者所面临的认知过载的情况，前者也比后者少得多。

---

① 穆罕穆德·德梅尔比雷克，"在超媒体学习环境下，界面窗口的模式对于注意力分散的影响"（Effects of Interface Windowsing Modes on Disorientation in a Hypermedia Learning Environment），《教育多媒体和超媒体杂志》（Journal of Educational Multimedia and Hypermedia），第 18 期，第 4 号（2009）：369-383。

结论是，使用平铺式窗口界面的学生能够更轻松地找到特定的信息，并更深入地了解它，而使用层叠式窗口的学生很难发现知识基础的各个部分之间的联系，而且经常会忽略大段的信息。简单地说，使用平铺式窗口界面的学生要比使用层叠式窗口的学生学得好很多。德梅尔比雷克写道："平铺式窗口界面方式为用户提供了帮助，让他们能够有效地和超媒体学习环境交互。"

德梅尔比雷克的结论和卡尔的观点并不矛盾，不过他们也都认为，在短期记忆和长期记忆之间丢失信息的缝隙并不仅仅是由于超链接的缘故，而且也是所采用的界面本身的定向障碍性质所导致的。根据德梅尔比雷克的研究，卡尔的说法是正确的，采用层叠式窗口界面的传统个人计算机环境（例如 Windows 或者 Mac OS X）可能助长了浅层学习。

但是，在如今的数字世界中，这一结论是否依然有效呢？在 iPhone 和 iPad 上运行的苹果 iOS 操作系统带来了一种新的界面，抛弃了传统的图形化用户界面。鼠标指针和层叠式窗口已经一去不复返了，现在唯一的指针就是控制着多点触控屏幕的人的手指。更重要的在于，每一个启动的应用都完全占用整个屏幕，我们一次只能看到一个应用。与之竞争的智能手机也采用了同样类型的全屏界面，放眼未来，我们可以预见，将来和 iPad 竞争的平板电脑也会照样采用单屏幕的界面。

随着平板电脑用户数量的不断上升，[①]越来越多的网页开发者将不得不抛弃我们目前习惯了的繁杂网站界面。[②]那些分散注意力的弹出窗口将会成为历史，德梅尔比雷克发现，它们会导致认知超载。那些会吸引人瞥一眼的不起眼的小框框将会被大大的可触摸图标所取代。也许 iPad 势必要改进用户定向和学习。"iPad 的界面可以和我们很好地配合起来，"德梅尔比雷克告诉我，"我们用的不是键盘或者鼠标，而是我们的双手，而且它正好符合我们在真实生活中的行为和思考方式。

---

① 苹果公司在 2010 年销售了差不多 1500 万台 iPad。

② 艾瑞克·司空菲德（Erick Schonfeld），"没人想到 iPad 的增长如此迅猛"（Nobody Predicted the iPad's Growth. Nobody），TechCrunch，2011 年 1 月 19 日，http://techcrunch.com/2011/01/19/nobody-predicted-ipad-growth。

不仅如此，iPad 的界面看起来更易于使用，因为它有着大号的字体和图标。根据我的研究，它使用户产生认知超载的可能性较小。"①

由于 iPad 一次只能显示一个应用或者一段内容，所以它能够帮助我们集中注意力，并进而更轻易地吸收信息。然而，我们可以想象得到，解决了一个问题就会带来另一个问题。在 1995 年，明尼苏达大学的研究人员进行了一次有关平铺式窗口的研究，他们发现四年级的学生在使用平铺式窗口界面时要比使用层叠式窗口时受益更大，因为要解决的问题需要多个信息源时，完整显示多个窗口有助于他们完成任务。②考虑到这一点，虽然 iPad 减少了令人分心的元素，有可能强化用户的定向能力，但由于它缺乏多窗口显示功能，所以使用者也就没有了在单个屏幕上同时阅读多个信息源的能力。

然而，单屏幕的界面并没有将阅读多个信息源的能力一并去除，你只要一个接一个地阅读不同的信息源就行了。这个缺点让 iPad 难以成为进行工作的高效设备，不过苹果已经推出了一个叫做"快速应用切换"（Fast App Switching）的软件功能来应对这一限制，它能够将关闭的应用保存在一个暂停并休眠的状态下，这样一来，用户在重新打开每个应用时就可以很快地恢复关闭应用时的应用状态了。随着苹果公司不断地改进这一操作系统，它会在将来解决其他的缺点。

这一研究表明，相比过去层叠式窗口的 PC 界面，单屏幕的 iOS 界面更有助于缓慢但深入的学习。如果事实的确如此，那么如今不断涌现的永远在线的小玩意儿将会帮助我们集中精神进行学习。

---

① 布莱恩·陈，"iPad 会让你变聪明吗？"（Will the iPad Make You Smarter?），《连线》，2010 年 7 月 8 日，http://www.wired.com/gadgetlab/2010/07/ipad-interface-studies。

② 拉里·阿兰·本舒福（Larry Allan Benshoof）、迈克尔·格拉夫（Michael Graves）和西蒙·胡珀（Simon Hooper），"在基于计算机的教学中，单窗口显示与多窗口显示对于成果、学习时间、窗口使用和态度的影响"（The Effects of Single and Multiple Window Presentations on Achievement, Instructional Time, Window Use, and Attitudes during Computer-Based Instruction），*Computers in Human Behavior*，第 11 期，第 2 号（1995）：261-272。

短时间内，我们不太可能对于永远在线的生活方式所产生的影响达成一个确切的共识，这也许是因为因特网和"媒体"所遍布的范围实在太广泛了，参与其中的方式实在太多。有数据表明，游戏玩家相比不玩游戏的人，其吸收信息以及响应信息的能力更强，但也有证据表明，看电视对于青少年集中精神的能力有着负面影响。我们不能简单地把不同媒体的研究结论合并起来。

当我们在估量永远在线的意义时，大脑活动所受到的影响似乎是一个未解之谜。也许，研究永远在线的方式对于社会和行为活动所产生的影响会更有意义。我们的感觉是否因此变差了？我们的表现是否因此变差了？我们的行为是否因此变差了？因特网媒体对于我们的健康是否有着积极的作用？

# 第7章

# 变得更好，还是变得更差

金永哲和崔美顺是天生的一对。2008 年，他们在网上聊天室里相识，一见钟情，很快就结了婚。他们各自有一个女儿，她们的年龄相仿，从此之后，这一家四口就在陌生的城市中四处闯荡，结识新的朋友，并分享他们奇妙的经历。大约过了一年，他们有了自己的孩子——一个名叫萨朗的女儿，她的名字在韩语里表示"爱"。她是一个早产儿，出生时的体重只有 6 磅多一点。在 3 个月大的时候，她就夭折了，当时她的体重又轻了大约 1 磅。验尸官宣布她的死因是营养不良。

潜逃了半年之后，在 2010 年的 3 月，金氏夫妇因为过失杀人罪被逮捕了，他们被指控把萨朗饿死了。起诉人说，他们每天要在一家网吧里待上 10 个小时，期间他们只给孩子喂二三次牛奶。金氏夫妇并没有悉心照料他们的孩子，而是忙于他们在《守护之星》（Prius Online）中的虚拟人生。在这款游戏中，他们抚养着名叫"阿尼玛"的一群虚拟女儿，帮助她们在这个神奇的世界中四处旅行、消灭怪物并完成任务。2009 年 9 月 24 日的早上，金氏夫妇在度过 12 个小时的游戏时光之后回到了家里，发现萨朗已经死了，据他们的律师说，当时她"双目圆睁、肋骨突出"。"我很抱歉，我不是一个合格的母亲。"在对这对夫妇的审讯中，金夫人一边抽泣，一边说道。金氏夫妇被判两年监禁，不过对崔美顺的判罚暂缓执行，因为当时她肚子里的另一个孩子已经 7 个月了。①

---

① 崔桑恒（Choe Sang-Hun），"韩国增加对网瘾者的帮助"（South Korea Expands Aid for Internet Addiction），《纽约时报》，2010 年 5 月 28 日，http://www.nytimes.com/2010/05/29/world/asia/29game. html；安德鲁·萨蒙（Andrew Salmon），"夫妇：网络游戏成瘾导致孩子死亡"（Couple: Internet Gaming Addiction Led to Baby's Death），*CNNWorld*，2010 年 4 月 1 日，http://articles.cnn.com/2010-04-10/world/ korea.parents.starved.baby_1_gaming-addiction-internet-gaming-gamingindustry?_s=PM:WORLD。

韩国可以说是世界上网络化程度最高的社会了，电子游戏对于韩国人而言就如同篮球对于美国人一样重要，所以萨朗之死让整个韩国为之震动。金氏夫妇的事件以及其他类似的事件，使得越来越多的韩国人开始担心因特网媒体对于心理和生理健康的潜在影响，韩国政府仿佛将因特网当做了毒品，并因此开设了治疗网瘾的康复中心。

在金氏夫妇的故事发生之后，吸引眼球的头版新闻继续围绕着永远在线的文化，火上浇油地制造其刻板的负面印象。2010 年 2 月，一名 22 岁的韩国人因为将其母亲刺死而被捕，他的母亲只是对儿子痴迷于电子游戏唠叨了几句。6 个月后，一个夏威夷人起诉一家软件公司，指控其游戏《天堂 2》（Lineage Ⅱ）致使其上瘾，让他"无法在一般的日常活动中独立行动"。[①]

由于智能手机已经非常强大，足以搭载有可能让人上瘾的各类体验，例如游戏、直播的电视节目以及社交网络服务，所以对于技术的悲观主义如今似乎越发流行起来。既然能够将"任何事情、任何时间、任何地点"的体验装进口袋里，那么我们就很容易认为智能手机是那些有技术上瘾倾向的人做出不健康行为的强大诱因。这就好比随身携带一支吸毒烟斗一样。

但是，虽然人们对于影响了金氏夫妇和类似人群的新技术的大量指责听起来很有道理，但我们还是要指出一些合理的问题。到底是连网的设备和媒体让金氏夫妇失去了控制，最终将他们的孩子饿死了，还是他们本来就是寻求逃避的抑郁人群，发现了一个虚拟世界，在那里面一切问题都只要点几下鼠标就能解决呢？是《天堂 2》真的如此令人上瘾，剥夺了那位夏威夷人准时起床、洗澡以及和朋友进行社交互动的能力，还是他本来就具有容易上瘾的性格，具有沉迷于游戏的先决条件呢？

我们先把这一争论的各个方面撇开，有一点是可以确定的：我们似乎碰巧落入了一个自我反思的兔子洞，越来越多的人开始思索新技术正在如何改变我们的

---

① 艾瑞克·菲尔滕（Eric Felten），"电子游戏侵权：你引诱我玩你"（Video Game Tort: You Made Me Play You），《华尔街日报》，2010 年 9 月 3 日，http://online.wsj.com/article/SB1000142405274870336970 4575461822847587104.html。

社会行为。我们究竟在发生什么样的改变，而这些改变究竟是好是坏？

这是一个复杂的问题，只有当我们研究了永远在线对于日常生活的不同方面，例如对心理健康、工作效率以及社会行为所产生的影响以后，才能作出解答。不仅如此，研究每一种不同类型的内容所产生的影响也是很重要的，"因特网"和"技术"不应该被归结为一种单一而同质的体验。尝试将"因特网"概括为好或坏就好比说"食物"是好还是坏一样。但是，根据摄入量的多少，不同类型的食物可能是健康的，也可能是不健康的。那么，正如你所料到的那样，这些问题的答案绝不会太简单。

## 游戏开始

电子游戏就是前述的那些制造恐慌的新闻故事所关注的焦点，而游戏正变成软件产业中最热销的产品，所以让我们从游戏开始说起。

在媒体的讨论中，电子游戏一直被批评为"垃圾"媒体，这就类似于漫画在图书业里通常不受待见。忧心忡忡的家长和评论家受到了如今新闻故事的影响，将电子游戏指责为邪恶的洗脑机器，让玩家拥有了他们所扮演角色的特征，这些角色包括暴力的战士、浴血的士兵等。

那么，电子游戏是否真的正在伤害我们的大脑，并把我们转变成野蛮的生物呢？我们究竟该如何界定呢？丹尼逊大学（Denison University）的罗伯特·魏斯（Robert Weis）和布列塔尼·赛兰考斯基（Brittany Cerankosky）有一个聪明的主意：把游戏机送给那些没有电子游戏的男孩子，观察他们的学业表现在 4 个月后会发生什么变化。心理学家发现，得到了游戏系统的男孩子立刻就把更多的时间花在了游戏上，而减少了课后学习和社会活动。[①]正如我们可能猜到的那样，那些在游戏上花了更多时间的男孩在阅读和作文测试中的分数立刻开始降低，而老师

---

① 罗伯特·魏斯和布列塔尼·C. 赛兰考斯基，"拥有电子游戏对于男孩的学习和行为表现的影响"（Effects of Video Game Ownership on Young Boys' Academic and Behavioral Functioning），《心理学科学》（*Psychological Science*），第 21 期，第 4 号（2010 年 2 月 18 日）：463-470。

们更可能会告诉我们这些游戏新手在课堂上也表现出了问题。

第一眼看来，丹尼逊大学这项研究的结果似乎表明，游戏已经被证实是大脑能力减退和学生对学校活动兴趣减弱的罪魁祸首。但是，这次试验并没有证明电子游戏和孩子的大脑与个性损伤之间有什么联系。关键的观察结果是，游戏玩家更容易减少课后的学习活动，例如自习和补习。所以，虽然电子游戏让这些孩子将注意力从学习上移开了，从而使他们在学业上的表现下降，但并没有对他们造成任何心理伤害。

实际上，电子游戏在某些方面已被证实能够助长我们的脑力。大量研究发现，普通的动作游戏玩家在吸收上下文信息方面要比不玩游戏的人更强。一项针对俄罗斯方块（Tetris）玩家的神经成像的研究发现，在一段时间的游戏之后，大脑皮层的效率得到了改善（改善了表现，降低了新陈代谢的负荷）。[1]此外，另一项研究发现，常常玩动作类电子游戏的人们在需要注意力的任务中反应时间更短，而且准确性不会降低，冲动性也不会提高。[2]

当我们更深入分析心理学的研究时会发现，行为的变化显然和内容的类型关系更大，而不是媒体的类型。为了证明这一点，加州大学旧金山分校的心理学家苏尼娅·布莱迪（Sonya Brady）进行了一项有关媒体暴力的研究，她调查了参与者对于人际暴力、刑事司法政策以及军事活动的态度。她发现，驱动侵略性态度的主要因素是运动。喜欢看接触性运动（例如足球）以及经常玩以运动为主题的

---

① R. J. 海尔（R. J. Haier）、B. V. 西格尔（B. V. Siegel Jr.）、A. 麦克拉克伦（A. MacLachlan）、E. 索德林（E. Soderling）、S. 罗滕伯格（S. Lottenberg）和 M. S. 布克斯鲍姆（M. S. Buchsbaum），"学习复杂的视觉/神经运动任务之后区域性葡萄糖新陈代谢的改变：正电子发射 X 线断层摄影术研究"（Regional Glucose Metabolic Changes after Learning a Complex Visuospatial/Motor Task: A Positron Emission Tomographic Study），《大脑研究》（Brain Research），第 570 期，第 1～2 号（1992 年 1 月 20 日）：134-143。

② 马修·W. G. 戴（Matthew W. G. Dye）、C. 肖恩·格林（C. Shawn Green）和戴芬妮·巴维利埃（Daphne Bavelier），"动作类电子游戏进行速度的提升"（Increasing Speed of Processing with Action Video Games），《心理学科学前沿方向》（Current Directions in Psychological Science），第 18 期，第 6 号（2009）：321-326。

电子游戏的人们有极大的可能会赞成军事制裁的暴力和惩罚性的刑事司法政策。[①]有关游戏的心理学效应的问题全都归结到了内容而非媒体上。

但是，电子游戏媒体和大部分新媒体技术一样，依然甩不掉负面的骂名，这也许是因为人们整天盯着屏幕，猛力敲击游戏手柄按钮的画面看起来令人不快的缘故。尽管布莱迪发现体育运动会助长更具侵略性的个性，但若有新闻故事讲述的血腥杀手正巧是个足球迷，并不会引出有关足球对于身心健康的消极影响的讨论。在我们看来，户外活动可以让我们呼吸大量新鲜空气，得到心血管锻炼，这不可能是"有害"的。

但这并不是说，我们根本不需要担心游戏的影响。在有关电子游戏致死的故事中，都有同一条线索，那就是上瘾。我们必须承认，电子游戏可能很容易让人上瘾。每个人，在每个年龄层次，似乎都会对某种类型的游戏产生某种程度的痴迷。许多人的妈妈都喜欢玩《宝石方块》（Bejeweled），爸爸喜欢《全速扑克》（Full Tilt Poker），而某个朋友喜欢在《星际争霸》（StarCraft）中猛点鼠标。

科学家不断地发现，从人们在游戏上所花的小时数，以及一些心理学参数所决定的病理学行为（病理学被定义为个体在社会中无法行动的程度）来看，相当数量的年轻人（据统计，大约为9%）都是"上瘾的"。[②]其他10%～20%的人存在"危险"行为。由于这些发现，有许多心理学家非常重视电子游戏上瘾现象。

研究表明，游戏体验会激活大脑中的某一部分，这一部分与毒品上瘾与行为失调也有着紧密的联系，称作额叶—纹状体径路，它帮助我们控制自己的自动行为。这片大脑区域还会被许多让我们感到快乐的事情激活，例如喝汽水、听音乐或者得到夸奖。然而，游戏更能激活它，因为人体会对游戏作出响应，仿佛那是

---

① S. S. 布莱迪（S. S. Brady），"青年的媒体使用与对人际与社会的侵犯形式的态度"（Young Adults' Media Use and Attitudes toward Interpersonal and Institutional Forms of Aggression），《侵犯行为》（*Aggressive Behavior*），第33期，第6号（2007年11月至12月）：519-525。

② 道格拉斯·A. 金泰尔（Douglas A. Gentile）、楚叶坤（Hyekyung Choo）、阿尔伯特·廖（Albert Liau）、蒂莫西·希姆（Timothy Sim）、李东东（Dongdong Li）、丹尼尔·冯（Daniel Fung）和安吉利安·邱（Angeline Khoo），"电子游戏在青少年中的病理学应用：持续两年的研究"（Pathological Video Game Use Among Youths: A Two-Year Longitudinal Study），*Pediatrics*，第127期，第3号（2011年2月1日）：319-329。

一种真实的、物理上的体验。大量运动的画面要比文字或者声音的效果更加强劲，因此当我们看到某件物体时，我们的神经很快会将画面发送给大脑，将看到的东西和情感记忆中所储存的基本形状相比较。因此，大脑并不具备某种机制，来提醒游戏玩家她所感受到的是媒体体验，而不是物理体验。①结果，游戏就可能非常容易令人上瘾，因为它们所带来的体验和我们的日常生活是如此地紧密相连，毕竟要在物理的现实中平衡我们的生活就已经够困难的了。不仅如此，游戏上瘾还非常复杂，因为大脑并不会立刻发生什么物理变化，这种上瘾是行为上的。"几乎没有人对于游戏或者他们自己拥有足够的理解，所以没人能够维持玩游戏时的平衡。"尼尔·克拉克（Neils Clark）和 P.肖万·斯科特（P. Shauvan Scott）在他们的 *Game Addiction：The Experience and the Effects* 一书中这样说道。②

不只是游戏，人们针对永远在线的社交网络文化也产生了越来越多的忧虑。频繁使用社交网站的人们到底是在逃避现实或者替代现实呢，还是在利用这些工具来加深他们和现实世界的关系呢？

## 魔镜，魔镜

我们一次又一次地听到"我们生活在自我的时代"，在这个时代中，青少年自恋的程度可谓前无古人。就算事实如此，但"自恋"也并不一定是什么坏事，因为许多有关社交网络的研究一致发现，数字魔镜对人们的社交健康有着极大的好处。多项研究表明，Facebook 增进了人们的自尊，因为它提供了一种安慰，让人感觉自己的生活是和其他所有人联系在一起的。进一步讲，除了单单让人感觉更好以外，Facebook 的好处可有意思得多了。

实际上，那些像集邮一样收集好友，隔几分钟就要更新状态的 Facebook 用户相比那些不那么活跃的用户而言，更有可能念完大学。由艾比林基督大学领导的一项

---

① 戴芬妮·巴维利埃（Daphe Bavelier）、C. 肖恩·格林、马修·W. G. 戴，"儿童，上网：是好，是坏"（Children, Wired: For Better and For Worse），《神经元》（*Neuron*），第 67 期，第 5 号（2010 年 9 月 9 日）：692-701。

② 尼尔·克拉克和 P. 肖万·斯科特，*Game Addiction: The Experience and the Effects*，北卡罗来纳州杰斐逊，McFarland，2009。

研究持续 9 个月跟踪了 375 名大一新生的 Facebook 资料，以此了解 Facebook 活动能否用于预测某个学生继续在学校就读的可能性。研究发现，相比那些退学了的学生，在读完大一之后返校的学生的 Facebook 好友数量以及留言板上的帖子数量都多很多。① "这一研究可以表明，这些在 Facebook 上较为活跃的学生也更乐于参加线下活动、交新朋友以及参与大学为他们提供的活动。"该研究论文的撰写人、艾比林基督大学的教育助理教授兼高等教育主管杰森·莫里斯（Jason Morris）说。

这一研究最近刚刚在 *Journal of College Student Retention*（《大学学生培养杂志》）上发表，其研究对象是 2006 年秋季至 2007 年夏季的学生。根据这一研究，那些想要继续大二学业的学生相比那些退学的学生，平均多了 27 个好友和 59 条留言。

在其他参数方面，艾比林基督大学还记录了学生加入的 Facebook 小组数量和发布的照片相册数量，不过从这一方面来看，两者的统计差异可以忽略不计。研究人员认为，留言和 Facebook 好友数量是确定一个用户 Facebook 活跃程度的最重要指标，并进而可以反映出他们对于身边的学术世界的热情。

艾比林基督大学这一研究出现的时机也很有意思，当时研究人员和技术专家正在争论像社交网站和智能手机这样的技术究竟是拉近了人们的关系还是让他们疏远了。在另一项研究中，根据最近 30 年来对将近 1.4 万名大学生的同感程度的调查，密歇根大学的研究人员发现，如今的大学生相比 20 世纪 80 年代和 90 年代的大学生，他们的移情能力要弱得多。② 研究人员经推理认为，同感能力的降低可能是由于学生过度地接触媒体，例如暴力的电子游戏，它们 "使人们对于他人的痛苦麻木了"。他们还认为，在网络上和朋友联系可能让人们更容易对真实世界中的事情充耳不闻。

---

① 杰森·莫里斯、杰夫·里斯（Jeff Reese）、理查德·贝克（Richard Beck）、查理斯·马蒂斯（Charles Mattis），"Facebook 预测一家私立 4 年制大学的退学率"（Facebook as a Predictor of Retention at a Private 4-Year Institution），*Journal of College Student Retention*，第 11 期，第 3 号（2010）：311-322。

② 莎拉·H. 康拉特（Sarah H. Konrath）、爱德华·H. 奥布莱恩（Edward H. O'Brien）、考特尼·辛（Courtney Hsing），"美国大学生在不同时代中素质同情心的变化：元分析"（Changes in Dispositional Empathy in American College Students Over Time: A Meta-Analysis），《个性和社会心理学评论》（Personality and Social Psychological Review），2010 年 8 月 5 日在线。

"在网络上交'友'太方便了，可能让人们在不想对别人的问题作出回应时更轻易地对其不理不睬，而这一行为可能会延续到线下生活。"参与了这一研究的密歇根大学研究生爱德华·奥布莱恩（Edward O'Brien）说。

然而，艾比林基督大学的 Facebook 研究却引导研究人员得出了不同的解释。他们认为，与其说 Facebook 这样的网站会帮助人们逃避现实，倒不如说它们实际上是一面镜子，反射出了在现实生活中参与者之间的互动。那些在 Facebook 上更加活跃地和人们联系的学生在现实世界中本来就是热衷社交的人，这种可能性是最大的。"当我们进行这项研究时，主要的争论在于，Facebook 的世界是否是一个虚假的社交世界，或者说，它是否能够反映出真实世界的关系，"提议研究 Facebook 的艾比林基督大学的助理教授、心理学首席教授理查德·贝克（Richard Beck）说，"（这项研究）似乎表明，在 Facebook 中所发生的事情和他们在校园里的社交实践是相似的。它们之间并不是替代关系，而是前者反映了后者。"

莫里斯说，艾比林基督大学的研究还是一个很好的例子，说明了社交网站虽然可能对我们的隐私存在侵害，但有可能成为一个比调查更好的观察人类行为的客观窗口。值得注意的是，有些研究表明自我报告的结果（例如在密歇根大学进行的同感调查中的结果）会导致严重的偏见，而且有时会产生不准确的结果。"我们没有采用（学生的）观点，而是……用实际行为重新加以衡量，这能让研究结果更可靠一些。"莫里斯说。

除了紧盯人们的 Facebook 资料以外，有些心理学家正在研究社交网络和手机对于写作的影响以及通过这种影响能否进一步了解我们的大脑。

## 一个字的价值

当我们还是孩子时，老师有的时候会禁止我们在数学测验时使用计算器，生怕我们因为一直依赖于计算机而无法学会用自己的脑子进行数值运算。围绕着多功能一体化的智能手机，人们自然也有着类似的恐惧：我们将会依赖软件应用程序来完成各种各样的事情并因此使自身能力退化。特别是在中国和日本，越来越多的人开始担心，人们书写的能力会渐渐消退。《中国青年报》组织了一场问卷调查，发现在 2072 位投票者中，有 83% 的人都承认在书写汉字时存在困难，据推测，这可能是因为持续使用带有键盘的计算机和智能手机，让他们忘记了在书写中学到的笔画。该调查还发现，日本的年轻人在记忆文字时存在同样的问题，这种现象被称为"文字健忘症"。[①]

日本和中国的智能手机用户通过拼音输入文字，这是一种语音体系，利用英语字母和变音符号来代表汉字的读音，而软件则自动将拼音转换成汉字或者日本文字。人们认为，这种自动转换机制就是所谓的文字健忘症的起因。

但是，由于缺乏进一步的数据和实验，我们不能就此轻易地得出结论。我们反而应该问问自己，果真是科技让中国人和日本人忘记了如何写字吗，还是说他们如今所学到的文字要比过去任何时候都多，因此很难记住每一个字的写法呢？也许在 2010 年末一项有关拼音的研究中，我们可以得到一些提示，该研究测试了中国幼儿园小孩的汉字阅读和发音能力，既有对于传统文字形式的测试，也有对于拼音的测试。[②]测试表明，与书写传统汉字相比，孩子们可以用拼音写出更多的字词。最重要的是，该研究发现，在将传统文字换成拼音之后，孩子们对于它们的发音和声调表现出了令人惊叹的准确认识。该研究的发起人认为，由于语音在说汉语时是一个极其重要的部分，将来拼音可能成为阅读传统汉字有力的补充。虽然这一研究最终没有驳倒智能手机让日本人和中国人忘记如何阅读的理论，但它确实证明可能存在一个截然不同的结论。

而在美国，研究人员在关注永远在线对于英语的影响。当青少年拥有了带有

---

① 克里斯·马蒂斯奇克（Chris Matyszczyk），"'角色健忘症'冲击网络少年"（"Character Amnesia" Hitting Gear-Obsessed Kids），CNET 新闻，2010 年 8 月 26 日，http://news.cnet.com/8301-17852_3-20014834-71.html。

② D. 林（D. Lin）、C. 麦克布莱德–常（C. McBride-Chang）、H. 舒（H. Shu）、Y. P. 张（Y. P. Zhang）、H. 李（H. Li）、J. 张（J. Zhang）、D. 阿拉姆（D. Aram）和 I. 莱文（I. Levin），"以小胜大：分析拼音技巧帮助汉语阅读"（Small Wins Big: Analytic Pinyin Skills Promote Chinese Word Reading），《心理学科学》（*Rsychological Science*），第 21 期，第 8 号（2010 年 8 月）：1117-1122。

键盘的手机和笔记本电脑时，他们所写的字毕竟要比过去更多了。根据这一前提，佩尤研究中心（Pew Research Center）在 2008 年进行了一项关注于学术写作的研究，而其研究结果并不统一。①佩尤中心发现，青少年的学术写作风格有些退化：在与全国 700 名 12~17 岁的青少年及其父母的电话采访中，有 50%的青少年承认会在学校作业中使用非正式的写作风格，例如不适当地使用大写字母和标点符号；有 38%的人承认会使用例如 "LOL"（Laugh Out Loud，大声笑）这样的文字缩写；25%的人表示会使用表情，比如笑脸:-)这样的符号。

然而，在所有的说法中，最有意思的是，响应佩尤中心研究的 60%的学生认为，在因特网上进行的书面交流并不是真正的书写。佩尤中心写道："青少年使用因特网和手机的主要原因，是利用其通信功能。但是，尽管青少年都普遍地使用这些工具，但他们发现，在学校'书写'和因为个人原因在校外'书写'，以及他们通过即时消息、手机短信、电子邮件和社交网站所进行的'通信'之间存在重要的差异。"这些统计结果表明，因特网上的口语和风格跑进学校作业是一种自愿行为，也就是说，在线聊天并未从潜意识中改变青少年并因此让他们的写作能力变差。因此，通常的在线通信可能根本不会给写作风格带来负面影响。

实际上，写作能力降低的情况可能在永远在线的青少年之中逐渐减少了。Nation's Report Card（国家成绩单）机构在统计中小学生的成绩数据时发现，2002 年至 2007 年间学生的写作水平并没有任何显著提升。②然而，该机构确实发现在这段时间之中，低于基本写作能力水平的学生明显减少了：2007 年 13%的八年级学生和 18%的十二年级毕业生在写作水平上的得分低于基本水平，而在此之前的 2002 年，有 15%的八年级学生和 26%的十二年级毕业生在基本写作水平之下。这

① 阿曼达·伦哈特（Amanda Lenhart）、索山·阿拉非（Sousan Arafeh）、艾伦·史密斯（Aaron Smith）和亚历山德拉·麦吉尔（Alexandra Macgill），"写作、技术和青少年"（Writing, Technology, and Teens），华盛顿特区，佩尤因特网和美国生活项目，2008 年。

② 美国教育部（US Department of Education）、教育科学研究所（Institute of Education Sciences）、国家教育统计中心（National Center for Education Statistics）、NAEP（National Assessment of Educational Progress，国家教育进度评估）、《1998、2002 和 2007 年写作评估》（1998, 2002, and 2007 Writing Assessments），国家成绩单，http://nationsreportcard.gov/writing_2007/w0003.asp。

些数字表明，即便因特网没能让更多学生拥有更高的写作能力，但它至少可能会让更多的孩子达到平均水平。

不过，不止写作，连网的生活方式究竟能否让学生在学校里表现更好，这一问题依然悬而未决。到 2005 年，几乎所有的公立学校都连上了因特网，但《教育统计文摘》（*Digest of Education Statistics*）却并没有发现教育和技术之间有什么明显关联的趋势。[①] 2009 年，全国学生在阅读、写作、科学以及数学测试上的总体表现起伏不定，根据测试科目和年级各有不同。不仅如此，佩尤中心的研究同样发现，拥有更多技术工具的青少年和那些没那么多工具的人相比，在业余时间并不会进行更多的写作。换句话说，想要写作的孩子不管有没有技术的辅助都会进行写作，而那些不想写作的孩子无论如何也不会写作。

最终，青少年在写作上的表现数据并未使研究人员得出确切的结论，因此后者无法借此说明在永远在线的时代中青少年的总体学术表现如何。然而，在佩尤中心有关写作的研究中，有一点很有意思，虽然他们实际上是在书写文字，但并不把电子通信当成写作。也许他们自己心里有数。

如今，一个字的价值要比十年前大得多，例如在 Twitter 上发表的一条微信息可能让整个国家发生剧变（例如在伊朗由 Twitter 引发的抗议）。在这种情况下，书写的定义和角色正在快速演变。在印刷术发明之前，能够看到书写的文字是一种荣幸，因为文字的复制是受限的，而学术学习的师生关系要密切得多，因为导师会亲自带领一小群学生。后来，印刷术加速了知识的大规模生产，驱动教育走入了教科书模式。如今，在学生的眼里，书写的文字又回到了原点——它们不仅是容纳和传播信息的途径，而且是处理信息的方式。由于因特网的存在，学习过程的互动性和关系性正在变强，过去导师和学生的关系因为我们对于课本的依赖衰退了，但现在又因因特网焕发了生机。

---

① "表格 425：可访问因特网的公立学校和教学班，按照选定的学校特征及选定的年份（1994～2005）"（Table 425: Public Schools and Instructional Rooms with Internet Access, by Selected School Characteristics: Selected Years, 1994 through 2005），自《教学统计文摘：2009》（*Digest of Educational Statistics: 2009*），国家教育统计中心，2010 年 4 月，http://nces.ed.gov/programs/digest/d09/tables/dt09_425.asp?referrer=list。

我们在学业表现方面并没有看到任何明显的改进或者恶化，这根本就不足为奇，因为尽管技术发生了天翻地覆的变化，但总体上的教育体系毕竟在本质上依然没有什么变化。大部分老师依然虔诚地活在教科书模式中，而且国家在此方面的预算正在缩水，从而压制了教育革新。

想象一下，如果老师并不是让学生回家以后阅读课本或做那些千篇一律的作业，而是鼓励他们参与网上练习、学些新语言或者弹奏些不同的乐器，亦或和世界各地的其他青少年合作撰写一篇历史研究论文的话，这会怎样？也就是说，教育者更多地将教育当做一种在线的、互动的体验，这就类似于马格纳斯·卡尔森对于自己成为世界顶级象棋手之前所经历的虚拟训练的看法。

如果教师和管理人员对通常的教室课程体系作出本质上的修订，将网络集成进去，用以弥补课本的不足，那么我们很可能会看到许多有趣的结果。相比区区几年前，如今写作能力低于基本水平的学生越来越少，根据这一事实，如果教育者能够更多地利用网络，那么学生整体的学业表现很可能会明显提高。学习可能会更像是电子游戏。实际上，作家詹姆斯·保罗·吉（James Paul Gee）就对教育者发出了挑战，希望他们能够跳出传统的教育观念，他认为电子游戏中的互动环境有可能非常适合学习和读写教育。"电子游戏的内容如果得到了积极且审慎的配置，就可能起到这样的效果：它们把解决问题的方法通过具体经验融入多模式的空间，并反映出虚拟世界的形式、真实的和虚拟的社交关系的形式，以及现代世界中的身份所组成的错综复杂的网络。"[1]

在他的《视频教给我们的学习和文学》一书中，吉指出语言要比纯粹的字词复杂得多，图形、符号、肢体语言以及色彩都同样非常重要，而我们将其称为"符号学语法"。[2]在课本中加入的图片就是符号学元素，它们有可能加强学生对于一个字的理解。像电子游戏那样的互动环境可以进一步发扬符号学的学习方法。简

---

[1] 詹姆斯·保罗·吉，*What Video Games Have to Teach Us about Learning and Literacy*（纽约，Palgrave Macmillan 出版社，2003），P48。

[2] 詹姆斯·保罗·吉，*What Video Games Have to Teach Us about Learning and Literacy*（纽约，Palgrave Macmillan 出版社，2003），P48。

而言之，吉认为，电子游戏的环境可以将孩子们引入一个虚拟的世界，让他们在实践中学习，从而训练孩子们在现实世界中生存的能力。

然而，由于学术结构依然固守在教科书模式之中，短时间内教育者不太可能接受电子游戏并将之看做一种学习工具。但是，在探索了永远在线的方式对于上班族的影响后，我们就可以更深入地了解它对于"在实践中学习"的影响了。

## 连网的上班族

当我在旧金山的一家茶屋中见到提摩西·费里斯（Timothy Ferriss）时，他是在场唯一一个穿着休闲服饰的人。我们当时正在参加当地企业家的交流会，在那些象征身份的装束之中，费里斯的休闲装颇有些格格不入。不过，当他告诉我他是 *The 4-Hour Work Week* 的作者时，我便不觉奇怪了。*The 4-Hour Work Week* 是一本励志书，向读者传授如何通过每周工作 4 小时创造财富。[①]

起初，我觉得这是一本荒谬的书。但是阅读之后，我发现其中有一些很有意思的想法。虽然我不认为任何人都能够轻易完成这一目标，每周只工作几个小时就变得富有，但费里斯在这本书中对我们通常的工作方式提出了一些很好的建议。他宣扬应大幅减少花在收发电子邮件上的时间，并且避免在任何形式的数字媒介（例如 Twitter 或者 Facebook）上浪费时间。他希望消除一切不必要的分心之事，从而让人们和他们的同事能在更短的时间内完成工作，然后回家，用更多一点的时间享受生活。"不要将查看电子邮件当成早上的第一件事，"费里斯写道，"你应该在中午 11:00 之前完成最重要的任务，这样可以避免将用午餐或者阅读电子邮件作为拖拖拉拉的借口。"[②]

换句话说，在如今这个时代我们中的许多人都一直连在网络上，但费里斯却建议我们极具选择性地连网。虽然他的书根本就不具备科学性，而且毫无实

---

[①] 提摩西·费里斯（Timothy Ferriss），《一周工作四小时，晋身新富族！》（*The 4-Hour Work Week: Escape the 9-5, Live Anywhere and Join the New Rich*，纽约，Crown Archetype 出版社，2009）。

[②] 提摩西·费里斯（Timothy Ferriss），《一周工作四小时，晋身新富族！》（*The 4-Hour Work Week: Escape the 9-5, Live Anywhere and Join the New Rich*，纽约，Crown Archetype 出版社，2009）。

际的研究，但他提出了一些有趣的问题，其中最值得关注的就是：技术到底是赋予了我们工作的能力，还是在永无止境地引我们分心，从而降低了我们的能力呢？

费里斯声称分心之事正在麻痹我们，而根据最近的研究，他可能说对了。研究中断干扰的格洛里亚·马克（Gloria Mark）进行了一项研究，在 13 个月里跟踪调查了 24 名技术熟练的知识工作者。[①]研究人员观察着这些人，每当研究对象切换任务时，就记录下时间（精确至秒），这里的任务切换包括从打开一份文档到撰写邮件，或者从打电话到和身边的人交谈的一切切换。在每天结束之后，会有一名研究人员和每一位研究对象面谈，让他们解释当天的活动。

这一研究中的数字令人震惊，平均下来，每名工作者会在一个项目上停留 11 分钟，然后就要切换项目。而当他们专注于某一项目时，一般会每 3 分钟就切换一次任务。一旦分心了，他们就要花大约 25 分钟，才能回到原本的任务上去。

商业研究公司 Basex 也进行了类似的观察，据他们估计，办公室里的中断时间和必需的恢复时间占据了一个人日常工作时间的 28%。[②]Basex 公司声称分心之事平均占据普通人一个工作日中的 2.1 个小时，因此每年会对美国经济造成 5880 亿美元的损失。

后来，马克进行了一项类似的研究，发现那些经常中断工作的人更容易感觉到沮丧、压力和紧张。不仅如此，佩尤研究中心也进行了一项调查，发现虽然有 80% 的"连网且准备好了的"人认为科技改善了他们工作的能力，但其中 50% 的人认为，

---

① 格洛里亚·马克、维克多·M. 冈萨雷斯（Victor M. Gonzalez）和贾斯汀·哈里斯（Justin Harris），"任务都完成了？检查碎片化工作的本质"（No Task Left Behind? Examining the Nature of Fragmented Work），计算机人类交互会议（Computer Human Interaction Conference），4 月 2 日～4 月 7 日，波特兰。

② 乔纳森·B. 斯派拉（Jonathan B. Spira）和约书亚·B. 法因图赫（Joshua B. Feintuch），"不集中注意力的代价：中断如何影响脑力劳动者的生产力"（The Cost of Not Paying Attention: How Interruptions Impact Knowledge Workers' Productivity，纽约，Basex 公司，2005）。

科技不仅使其工作时间延长了，而且增加了其工作压力。[①]因此，技术可能强化了人们的行事能力，但很显然也榨走了人的能力，让做事需要消耗更多的时间。

但是，禁止雇员随意浏览网络不一定能解决问题。墨尔本大学进行的一项研究发现，有"自由浏览"行为的人其工作效率要比那些没有此行为的人更高。[②]"那些在工作时为了娱乐而上因特网的人，假设其此类上网时间低于一个合理的阈值，即低于办公时间的 20%，要比那些不这么做的人的工作效率高 9%左右。"墨尔本大学管理与市场营销学院的教授布伦特·蔻克（Brent Coker）说。他解释道，自由浏览能够让人恢复注意力水平，使其能在一天内完成更多的工作。然而，他说网络浏览要适度，因为在澳大利亚有 14%的因特网用户有网络上瘾的迹象，他们每天在网络上消耗的时间超过了一般水平。

佩尤研究中心还对工作人员进行了调查，发现绝大部分"连网且准备好了的"工人认为自己的工作生活以及与同事分享想法的能力有了很大的提高，这些都要归功于因特网、电子邮件、手机以及即时消息等技术。

总的来说，虽然上网的人的确得到了额外的工具，能具有更强的能力，但这种行为并不一定会让人的工作效率提高。在大部分情况下，上网的工人是很容易分心的，只有那些轻度使用因特网的人提高了工作效率。因此，费里斯对于事业成功的建言是可行的：最成功的人将会是那些能够专注于相关任务，并选择性地忽略不必要干扰的人。这个观点听起来似曾相识。前面卡尔森说过，他拒绝学习更多的知识，因为害怕会想要学习更多的东西，到头来反而因此丧失对于象棋的专注。显然，卡尔森和费里斯都认为，面对网络上唾手可得的信息资源，"最聪明的"人是那些能够专注于最重要的信息并因此达成目标的人。

---

① 玛丽·梅登（Mary Madden）和悉尼·琼斯（Sydney Jones），"连上网络的人"（Networked Workers，华盛顿，佩尤因特网和美国生活项目，2008 年 9 月 24 日），http://www.pewinternet.org/Reports/2008/Networked-Workers/1-Summary-of-Findings.aspx。

② "冲浪的自由：如果能够在休闲时间上网，人的生产效率会更高"（Freedom to Surf: Workers More Productive If Allowed to Use the Internet for Leisure），墨尔本大学（The University of Melbourne），2009 年 4 月 2 日，http://uninews.unimelb.edu.au/news/5750。

## 对于新媒体的旧恐惧

> 你，字母之父，出于对自己孩子的父爱，赋予了它们所不该拥有的
> 性质；因此，你的发现将使学习者产生遗忘，因为他们将不会使用自身
> 的记忆力；他们会迷信于外界的书写文字，却忽视自己本身的记忆力。

这便是苏格拉底对于文字的看法。几个世纪以前，这位哲学家提出了警告，他认为书写行为会摧毁我们记忆的能力。也许，如果他活到了今天，他会希望自己没有写下上面这段话，因为他错了。现代研究表明，把某样东西复制到纸张上，实际上是一种重复行为，能帮助我们在记忆中留下一段想法。

不过，同样有新媒体恐惧症的人并不只有苏格拉底一个。每当有一种新技术降临到我们身上时，都至少会有一小部分犬儒主义者大放警言。早在 1565 年，瑞士科学家康拉德·格斯纳（Conrad Gessner）写了一本书，对印刷书籍进行了批评，他宣称信息过载将会让现代社会不堪重负。随后，几百年过去了，当书本已经成了标准并得到了学校的广泛采用时，持否定观点的人们又猛烈抨击学校，说它们正置心理健康于险境。1883 年，医学周刊 *Sanitarian* 刊载了一篇文章，宣称学校"用复杂而繁多的学习，让孩子的大脑和神经系统精疲力竭，并用长期的关押摧垮了他们的身体"。神经心理学家伏汉·贝尔在 Slate 网站上用很大篇幅历数了历史上媒体对于新技术的恐惧，他说："新技术正'给我们增加负担'这样的想法从某种程度上讲和技术的历史一样悠久。"[1]

如今，这种恐惧的最新对象就是塞在我们口袋里的智能手机，说它会在任何时间、任何地点用各种各样的数字内容分散我们的注意力。历史正在重演，而就像我们成功"挺过"了笔、书本、广播以及电视的盛行时期一样，我们的精神和肉体也将完整无缺地面对一个永远在线的时代。但是，这并不意味着永远在线就不会让你产生不快。

---

[1] 伏汉·贝尔，"别碰那拨号盘！"（Don't Touch That Dial!），Slate 网站，2010 年 2 月 15 日，http://www.slate.com/id/2244198。

# 第**8**章

# 断 开 连 接

12岁的时候，我打开了一扇通往另一个世界的大门。在那个世界中，我可以随心所欲地成为任何人。专业溜冰运动员、威斯康星的19岁少年戴维，甚至可以是一个卡通角色——只要创建一个网名，我的身份就可立刻改变。美国在线（America Online）的聊天室对我而言，就如同虚拟的万圣节前夕，每天都如同过节一般快乐。我陶醉在了这个世界中。每天放学回到家，56K 调制解调器"嗡嗡嘶嘶"的声音之后响起的拨号音都会让我放松下来。

我算是有些超前于时代了。当时，我的同班同学都不熟悉在线聊天。当母亲命令我每天放学后立刻回家时，我的同班同学则往往会在下午3点去麦当劳吃一顿，或者去别的同学家里玩 PlayStation 游戏机或偷喝啤酒。电脑成了我的朋友，它为我开启了一个完整的社交维度。

两年后，我的同龄人也逐渐开始上网了。他们一个接一个地注册了 AIM（America Online Instant Messenger，美国在线即时通信软件），包括 PandaPoo54、BooGeR625、phlywitegy、TAN6ENT，我们各自建立了新的身份。我们开始谈天说地，互相发送自己最喜欢的嘻哈 MP3 歌曲。不过，后来我们之间的互动加深了一步。我们开始在 AIM 上组织社交集会。很快，我们在 AIM 上谈论的内容就越发广泛了，既有休闲娱乐的，也有认真深刻的。从此我的电话就不怎么响了，取而代之的是间或出现的即时消息提示音。

我的聊天经历并没有止步于此。在接下来的十年里，我念完了大学，还做过几份工作。在这其中，我总是先当面认识别人，接着就通过在线聊天继续和他们交流，从而加深我们之间的关系。我们的在线友谊成了头等大事，只要有网络连接，我们就能在任何时间、任何地点相互交谈了，因此，自然而然地我们在因特网上的对话就比现实生活中更多了。

我从这种连网的生活方式中获益良多。在工作场所，我通过在线聊天开辟自己的职场道路，和我需要争取的每一位重要人物联系，寄望因此快速地爬上职业的阶梯。而在情感生活中，我会先当面认识中意的女性，之后再到网上和她们打情骂俏。实际上，我和大多数人的关系都是扎根于在线交谈的。我感觉自己和好多人都紧密地联系着。我认为事情就该是这样的，这要好过那些选择不上网的人们的现实生活。

但是，当我遇到克里斯滕的时候，一切都变了。

当时我 22 岁，刚刚从大学毕业，在旧金山初来乍到，而且有点失落、脆弱和孤独。在那一年里，我阴差阳错地成了在五月五日节（Cinco de Mayo，又称死亡节日、墨西哥节）期间举办的国际电影节的志愿者，在订购台做检票员。和我同班的是一个瘦小的亚洲人，她戴着眼镜，留着长长的黑发。那天，她迟到了 15 分钟，一屁股坐在我的旁边。

"嗨，抱歉我迟到了。"她上气不接下气地说。

"没关系。"我只是稍微转了下头，都没有看她的眼睛。（实际上，我当时很烦躁。我自己从来不迟到，而别人迟到会让我心烦气躁。）

我们一边给客人检票，一边有一句没一句地交谈着，当电影开始放映，队伍已经消失时，我们就做了稍微正式的自我介绍。克里斯滕最近辞掉了营养师的工作，读起了社会心理学的研究生，而我当时是 *Macworld* 的一名杂志编辑。她对此很感兴趣，因为她的男朋友编写了一款 iPod 应用，而我们的杂志刚好提到过它。我对她也产生了兴趣。她当时正在研究一个她觉得非常迷人的课题——对于人生状况的一项社会学分析。我们立刻建立起了良好的关系，而之前我都是通过在线聊天和他人建立这种良好关系的。我们这班共有五小时，剩下的时间里我们一直在闲谈，聊我们过去的恋人、我们的家人、科技以及电影。

接着，她突然提出了那个不可避免的问题："你多大了？"

"22。你呢？"

"29 了。"

我愣了一下。

"嗯，我真为你感到高兴，"我听到自己的声音低沉了下来，显得更加成熟了，"你意识到自己陷在了一个并不喜欢的工作中，而且你把它摆脱了。大多数人一辈子都做不到，更不用提在你这个年纪了。"

交班之后，我们在剧场外互相挥手告别，各自回去了。我没有要她的电话号码。我吓得不轻——一名 29 岁的女子和一名 22 岁的男子？这不可能。当然，我立刻就后悔了。

然而，在谷歌的帮助下，几周后克里斯滕在 LiveJournal①上找到了我，还发了一条留言，跟我打了个招呼。我们互相写了几封电子邮件，后来在 7 月又见了一面。她其实并不怎么使用即时通信软件，也不怎么用电脑，她只有一台老旧而劣质的 iBook，偶尔用来上网浏览和收发电子邮件。我们像好朋友那样一起徒步旅行，看了好多场电影，还去新的饭店共进美餐。后来，我们决定一起去佛罗里达州度假，从那时起，我们之间的关系就发生了变化。

我们在迈阿密的海滩上毫无顾虑地亲吻，把对方的身体埋在沙子里，还在温热的海水中嬉戏。在喜来登酒店客房的床上，克里斯滕整个趴在我的身上，将头用力抵在我的胸前，一只手揉着我的心口。

———————————

① 一个综合性的 SNS 交友网站。——译者注

"这感觉仿佛像在一个完美世界里一般，"她说，"我过去从来没有和别人有过这样的感受。"

"我也是，"我答道，"感觉好像我们正漂浮在另一个世界里。"

"你真的这么觉得？"

"嗯。"

在几个月后克里斯滕重返校园，这段蜜月期宣告结束。她再也没有登录即时通信软件，而且不再给工作中的我不时地发些电子邮件了。她只是被动地接接电话，且仅在心情好的时候才会接，而短信就更不用说了。在那一整个夏天里，我们每天都黏在一起，她的东西都装在一个行李箱里，放在我的卧室，但当她重返校园时，她就将所有东西打包带回了家，我只能在她零星的空闲时间里见到她。

我们相互之间断开了连接，不仅是现实中的连接，也是虚拟世界的连接。这种变化，对我这么一个永远在线、永远可以联系上的人而言太可怕了。

在几次不快和争吵之后，克里斯滕离开了我。这段爱情虽然短暂，但却如此强烈，虽然有些问题，但却让我的生活发生了剧变。和从前在美国在线上创建网名一样，我轻易地创建了一个符合 29 岁人生活方式的身份，来博取她对我——一个刚念完大学，还不明白多少事的年轻人——的信任。我欺骗了她，我也欺骗了自己，陷入在这个成熟而独立成年人的身份中不能自拔。

我已经忘记了自己是谁。

于是，我做了件令人大跌眼镜的事情。我报名参加了一项社会实验，并且知道这项实验会让我感到极其不舒服：我宣誓持续 3 周中断一切在线通信。我不愿意完全离开因特网，毕竟我还得工作，但是我的所有会话都必须面对面进行，至少也得是通电话，其中包括不再使用电子文本的通信方式。我后来在 *Macworld* 中的一个专栏内讲述了我脱离在线聊天世界的经历。

实验进行了几天后，我有一次端着早茶，走到同事格雷格的隔间里跟他打招呼。

"我正等着你的网名从我的好友列表里蹦出来呢！"他说，"你明白这对我们的关系有多大影响吗？你明白这对我来说有多大的影响吗？为什么你只关心自己的感受，布莱恩？你想过我的感受吗？"

格雷格显然是跟我开玩笑，不过他的话倒是句句属实。我知道，他已经厌倦了，因为光是想问我要不要一起出去抽根烟歇一会，他都得拨打我的分机号码。顺便说一句，我隔壁隔间的希瑟也指出过，我开始经常地"自言自语"，这一定让她走神了。我的朋友吉恩和马特有超过一年的时间没有交谈过了，但为了弥补我的离线给他们造成的"社交空白区"，他们开始用即时通信软件交流了。我的老板吉姆·加布尔雷斯现在搞不清楚我是不是出去吃午餐了，因为过去我的网名旁边会有一个表示离开的符号并带有相关信息。

"你为什么要参加这样的实验呢？"我的室友彼得问我。

"我已经厌倦了文字，"我说，"我想要听到别人的声音，看到活生生的人。我想要去解析他们的肢体语言，并且坦然面对他们——就像过去那样。我想要与他们重新连接。"

"你这个该死的傻瓜。"

或许我的确是个傻瓜，居然相信自己能够恢复过去的生活方式。当我让自己脱离了电子通信之后，生活就变得困难重重，而且这些困难都是完全可以避免的，而无法在线聊天真的是极其不便。举个例子，我和朋友艾米要去拉斯维加斯度圣诞，但是通过电话来计划旅程太麻烦了，如果我们能够改用电子邮件的话会方便得多。不仅如此，尽管我在开始进行实验之前，已经给所有朋友和同事发了一封电子邮件，提前通知他们我会有 3 周的时间离开在线通信的世界，但他们还是继续给我发送电子邮件和短信，于是，就算是简单的问题和留言，我都不得不给他们打电话——回复。

通过拒绝参与在线聊天，我也给其他人造成了不便，而这都只是为了这个愚蠢的实验。突然给朋友打电话也好像会打扰他们，让他们措手不及，以致都想不出来要说什么。我停止电子文本通信，是为了在我自己身上做个实验，但到头来却给别人造成了负面的影响，这似乎是自私之举。

除此之外，我还感到焦躁不安，不停地胡乱寻找着小差事和活动，来填补那些无联系的时间。我感觉孤独，好像脱离了朋友的圈子。在那三周时间过后，我得出了结论，我不可能恢复过去的生活方式：我注定要选择这种永远在线的生活方式，因为它几乎深深影响着每个人。断网的后果已经如同断电一般严重了。

在被许多人称为"四分之一生命危机"的年纪里，我进行了这样一场似乎非常愚蠢的实验，但是对断网的影响感到好奇的人并不只有我一个。除了我参与的小型社会实验之外，还有一些其他研究正在分析断开和数据的连接所造成的影响。研究对象所报告的感受和我的很相似：感到离群、被排斥、难以和同龄人交流，等等。

## 连上数据

马里兰大学的"断线"（Unplugged）是目前最知名的研究。[①]该校邀请了 200 名学生，让他们在 24 小时内完全抛弃媒体，包括抛弃 Twitter、Facebook、即时通信、网页浏览、电视以及任何与多媒体有关的东西。接着，请他们报告自己的感受。在一天的断线生活之后，学生们在一个集体博客上记录下了自己的想法，该博客最后增长到了 11.1 万字——大概相当于两本值得深思的小说了。他们中的大部分人都把与媒体断开连接的体验比作可致瘾的化学药品的断瘾症状。"我显然是上瘾了，因为脱离媒体时我感到很不舒服，"其中一名学生说，"我认为，如今大

---

① "24 小时：断线"（24 Hours: Unplugged），国际媒体和公共议程中心（International Center for Media and the Public Agenda），http://withoutmedia.wordpress.com。

多数人都有类似情况，因为当人们拥有了黑莓手机、笔记本电脑、电视机和 iPod 之后，就无法放弃这些媒体了。"

"虽然那天一开始我的感觉还不错，但是正午那会儿我的情绪开始发生了变化。我开始感觉离群而孤独。我的手机响了很多次，但我不能接，"另一名学生写道，"到了下午 2 点，我开始急切地想要查看电子邮件，甚至想了一百万个必须这么做的理由。我感觉自己就像流落在荒岛上一样。"

可见，我们在断开连接时真的会遇到严重的问题。毕竟，就算是在驾车这样可能引发危险的情况下，人们也似乎很喜欢和别人进行虚拟的互动。堪萨斯大学的研究人员最近调查了 348 名学生，发现其中大多数人（83%）都认为在驾车时发短信是不安全的——甚至比驾车时讲电话更危险，但其中还是有 98% 的人承认自己这么做过。[①]

该研究问卷有 89 个问题，要求学生根据预先设定的风险等级，对由于不同的原因发短信（首先发送短信或者回复别人的短信），以及在不同的驾车状况下发短信的风险程度作出评价。最有意思的地方在于，该研究发现，学生认为在高速公路上发短信风险极大，但是大部分司机表示，他们在高速公路上驾车时发短信的可能性和处于普通路况时是一样的。换句话说，他们都确信路况比想象中安全，从而让发短信成为了正当行为。

"人们知道这是有害的，但他们还是这么做，而且他们告诉自己非这么做不可。"引领该研究的心理学助理教授保罗·阿奇利（Paul Atchley）说。阿奇利将这种行为提升到了认知失调的理论高度：在进行某种行动时，说服自己这种行为的风险没那么大。例如，吸烟者会在吸烟时说服自己吸烟的风险并没那么高，而酒后驾车的人们会认为酒驾的风险没那么高。我们逐渐依赖于永远在线的生活方

---

① 保罗·阿奇利（Paul Atchley）、史蒂芬妮·阿特伍德（Stephanie Atwood）和艾伦·博尔顿（Aaron Boulton），"年轻司机对于边开车边发短信的选择：行为可能改变态度"（The Choice to Text and Drive in Younger Drivers: Behavior May Shape Attitude），《事故分析与预防》（*Accident Analysis and Prevention*），第 43 期，第 1 号（2010）：134-142。

式，而且想要保持永远在线，即便这样做可能并不是什么好事。

但是为什么人们会感觉自己必须不停地收发电子信息呢？社交网站以及无论我们走到哪里都能拥有的持续不断的网络连接，可以为具有社会性的人提供归属感，而且有研究表明，离开了社交网络和短信，人类的归属感就会降低，这会导致大脑产生痛苦的信号。

心理学家阿妮塔·史密斯（Anita Smith）和吉卜林·D.威廉姆斯（Kipling D.Williams）在 2004 年围绕短信世界中的"流放"进行了一项研究。[①]让两名演员陪伴一名参与者进入房间，坐在 3 张椅子上，相互间距 60 厘米，形成一个三角形。在他们互相打招呼认识了之后，实验的指导者要求他们接下去互相发短信交流。接着，两名演员就离开了房间，让参与者一个人待着。房内的桌上放着一部诺基亚手机，供参与者使用，旁边还有一本使用说明书。实验指导者接着会让这 3 个人互相发送"你吸烟吗？"的问题给对方。如果参与者的回答是吸烟，那么这两名演员就会说自己不吸烟，而如果参与者说自己不吸烟，那么两名演员就会说自己吸烟。

然后，指导者会让这两名演员给参与者不时地发短信闲聊，或者让他们都停止给参与者发短信。那些被冷落的学生被称为"流放"组，而那些和演员不时闲聊的学生则被称为"包含"组。这部分实验的持续时间为 8 分钟。

实验的结果如何呢？学生们回答了一份问卷，也许你已经猜到了，调查结果显示流放组的自尊心与归属感相比包含组要低得多，而消极态度和愤怒情绪也要高得多。许多"流放组"的学生甚至对他们之所以被"流放"给出了自己的解释——因为他们吸烟，或者因为他们不吸烟。（刚才说过，无论学生对于吸烟问题的回答是肯定还是否定，实验指导者都让演员说出和他相反的回答。）"短信流放竟然产生了这么大的负面作用，这太令人惊讶了，要知道……参与者并不认识他

---

① 阿妮塔·史密斯和吉卜林·D.威廉姆斯，"你在那儿吗？被手机短信流放"（R U There? Ostracism by Cell Phone Text Messages），*Group Dynamics*，第 8 期，第 4 号（2004）：291-301。

们（演员），而且未预期和他们进行任何进一步的互动。"这些心理学家写道。他们指出，对流放的第一反应是不假思索地感到痛苦，因为"人类已经演化到能够察觉哪怕是最微小的流放迹象了，而且对此有负面的感受，从而提醒自己必须做些什么，让自己重新进入集体之中，避免让自己的生存受到威胁。"

所以，我们中有很多人都非常喜欢收发短信，因为一旦收不到信息，我们就会感觉受到了伤害，接着就会变得恐惧和不自信。"我们是社会型生物，大脑中有许许多多专门为社交而存在的机制，"阿奇利说，"电信产业正好迎合了我们的某种天性。"

研究表明，未来年轻人和孩子将会持续享用永远在线的生活方式。但是，这是否会将我们变成依赖性强、社交能力弱的傻瓜呢？还记得本书开头的故事吗？那位出租车司机认为亚米西人是地球上最聪明的人群，因为他们的生活方式有益健康、不受技术的束缚，并且维持着亲密的社交联系。然而，当我们更仔细地观察亚米西人时，就会发现他们的社会也并没有完全脱离技术。

## 生活的黑客

2009 年，《连线》的创始人凯文·凯利离开了他舒适的生活环境，深入到宾夕法尼亚州的亚米西社会之中一探究竟。[①]这位技术领袖在亚米西人当中生活了好几天，希望了解他们脱离网络的生活方式。他对于技术的发现令人震惊，而且和人们以往对于亚米西人的刻板印象相矛盾（人们一度认为亚米西人就是反对新技术的卢德分子）。实际上，凯利将他们描述为一丝不苟的黑客。"人们以为亚米西人是过时的卢德分子，但这从很多方面来看都只是都市传说罢了。"他说。[②]

---

① 凯文·凯利，"技术派：亚米西黑客"（The Technium: Amish Hackers），KK，2009 年 2 月 10 日，http://www.kk.org/thetechnium/archives/2009/02/amish_hackers_a.php。
② 凯文·凯利，"技术派：亚米西黑客"（The Technium: Amish Hackers），KK，2009 年 2 月 10 日，http://www.kk.org/thetechnium/archives/2009/02/amish_hackers_a.php。

凯利接着说，亚米西人并不是一个整体式的群体，"他们的行为方式在各个居住区都有所不同"。虽然亚米西人接受新技术的速度很慢，但是也并非完全回避技术。恰恰相反，亚米西人将技术按照自己的方式加以改造，极其谨慎地将它们逐渐融入到自己的生活，从而确保他们的宗教信仰和集体信念不会因此而动摇。

对技术的接受开始于"早期采纳者"这样一个前期群体。他们会尝试某种新的小发明，并评估其利是否大于其弊。例如，有些亚米西人是有手机的。在这些"技术达人"的眼里，你口袋里的无线电话和电话亭里的公用电话没有多大的区别。举例来说，他们打电话的理由就是呼叫本地的消防局，或者让两个居住距离较远的人通话。然而，还是有些人对手机怀有顾虑，因为手机太小了，可以轻易地藏起来，这对于一个如此热衷于消除个人化的群体而言很可能造成一些麻烦。凯利说，尽管如此，亚米西人至少已有十年时间在实验并分析采纳手机的可行性。

亚米西人还会把在家使用的技术和在工作中使用的技术区别对待。许多亚米西人家里都还没有电，这就意味着他们没有电视机，没有因特网，也没有手机。然而，打个比方，一个经营家具制造的亚米西人肯定会把电接到自己的工厂里面。电能来自于一台巨型的柴油发电机，它连接在一个装满了压缩空气的大型气缸上。发动机通过燃烧石油燃料驱动压缩机，将能量充入贮存器中。于是，在一个铁壳子里，能源就从压缩空气中产生了。亚米西人将这种充气式系统称为"亚米西电"，它也能够驱动例如搅拌机、缝纫机、洗碗机和吹风机这样的电器。

不仅如此，亚米西人似乎对拥有和使用也有清晰的划分。他们不会去考驾照，不会买车，也不会买保险，但他们会叫出租车，或者雇用司机接送他们上下班。有些地区是禁止人们拥有汽车的，因为司机可能会因此离开本地区。对拥有和使用的这种划分是最吸引我的地方。亚米西人在不拥有汽车、不接通电力和其他公用事业的同时，让自己远离了那些我们为之困扰的日常麻烦，例如昂贵的账单和官僚主义的文书工作，但依然能够享受这些技术所带来的好处。不仅如此，他们也依然可以灵活地将部分技术专门用于商业或者公用事业，融入他们的生活。凯利说："亚米西人的生活绝对不是反技术的。实际上，根据我和他们的多次接触，我发现他们都是机敏的黑客和技师，是终极的制作者，也是 DIY 达人，他们的技术专业程度令人吃惊。"总而言之，亚米西人有效地改造了他们的生活方式，让技术更多地呈现出了好处，而不是制造麻烦。

亚米西人并不排斥外部世界。实际上，根据教堂的规定，青少年从 16 岁开始就有权进入永远在线的世界生活几个月或者几年，这就是他们传统的游历（rumspringa，"到处跑"）。这一传统一直在持续，无论游历中的人做了什么事情，他都依然可以选择是留在"外人"的社会中，还是回到亚米西教堂里接受洗礼。然而，如果他们回来了，那就必须坚持遵守戒律。据估计，有 85%～90%的亚米西青少年都回到了教堂里。

这一统计有些含混不清。我们可以把它归结为有些亚米西人无法适应游历中所遭遇的文化冲击，也可以说他们更喜欢在本族中的人际关系。然而，无论原因为何，以外人的眼光来看，亚米西人彼此之间的关系似乎更为亲密，联系也更为紧凑，而他们的人文精神和为实现紧密联系所做的一致努力，是推动他们技术发展的主要动力。但是，凯利的确指出他们并非完全自给自足："他们制造割草机所用的金属并不是自己采掘的，他们用的煤油也不是自己钻井提炼的，他们屋顶上的太阳能电池板也不是自己制造的。"类似的例子不胜枚举。换句话说，如果每个人都选择过亚米西式的生活，那么我们的社会就无法维持下去了，因为我们所需要的所有物品都将没有人制造，甚至就连最低程度的生活必需品都不会有了。

凯利认为，亚米西人满足感的最终代价就是无法了解真相。他引用了 20 世纪 50 年代社会学家戴维·里斯曼（David Riesman）书中的说法："技术越进步，总的来看，就越可能有大量人将自己想象成别人。"从亚米西人的例子来看，这就意味着，他们在将技术以最低限度融入到个人生活中的同时，隐藏了他们自己，并且间接地将周围的世界也隐藏了起来。凯利说："他们没有认识到，而且也无法认识到自己能够成为什么样的人。"但是，这不恰恰是生活在网络之外的关键吗——为一个近在咫尺的社区，而不是为整个人类社会作贡献，在自家的花园里耕作，而不管他人之事？

从很久以前开始，我就不再像少年时代那样创建新的网名，在聊天室里假装别人了。随着年龄的增长，我已经和数千人有过交流，这潜移默化地改变了我的个性，让我更容易与别人建立亲密联系。我在各种各样的环境下戴上了不同的面具：在 Twitter 上，我已经累积了 8000 个关注者，他们所看到的是我略显专业的公众形象；在 Facebook 上我只和朋友交流，我将自己展现为一个玩世不恭且喜欢寻求刺激的人，在他们眼中我就是这个样子的。

但是，也许面对克里斯滕的时候，我把自己改得太离谱了。在我们的电子邮件和现实对话中，我改变了生活方式和穿着打扮，希望以此迎合她的喜好。所以，当她离开我的时候，我对自己的身份认知完完全全混乱了，也许因为我并不是简简单单的一个人，而是一个人类心灵不断扩张的综合体，但却被网络的混沌撕得粉碎。也许，还有许多比我更年轻的人，他们成长于我们这个网络广泛连接的文化之中，与我有着几乎相同的作风：复杂且有自主社交能力，但却混乱而易动摇。正如前几章中所指出的那样，永远在线的媒体也许能带来许多心理上的好处，但它同时也是一种强力的毒药，当我们在任何地方都能够访问如此丰富的数据时，就应该小心谨慎地行事。

完全脱离网络似乎已经是不可能的了。如果我们想要尝试亚米西人的生活方式（可以称为反向游历）那么很可能 90%的人都会回到连着网络的家里。但是我认为，我们能够从亚米西人身上学到一些东西，而他们最低程度利用技术的生活方式值得我们深思。亚米西人会仔细评估某种技术的利弊，并会更多地抛弃技术，而较少采纳技术。也许在连网的社会中，我们可以评估一下如何以一种健康而有助益的方式使用数字设备，以及如何防止那些对健康和人际关系有负面影响的行为。

相比断开网络连接，更实际的解决方法也许就是自己制定一些规定，学会控制自己。我在一场派对上和一位建筑师聊过天，他提出了一个很好的主意。他说，人们应该在家里单独辟出一间屋子，在这间屋子里完全禁止使用任何技术设备，这样他们就可以在其中休息，或者在和别人互动的时候不受数字产品的干扰。"禁止在屋内使用手机"就像是"进屋之前请脱鞋"一样。假如你家里能够腾出这样一间屋子，那么这听起来值得一试，而且这一设计理念值得建筑师在设计新住房时考虑。

智能手机让我们中的许多人有了强迫症的行为倾向，这种情况正如那场短信研究中所描述的那样。我在硅谷的许多朋友都有一个习惯，没过几分钟就要掏出智能手机，甚至当我和他们面对面的时候也是这样。尽管知道他们并不是有意让我难堪，但这样的习惯让我感觉自己受到了排斥，感到些许愤怒。技术设备制造商应该注意到我们这种禁不住的行为，开始开发一些功能，帮助我们调节手机使用。例如，苹果、谷歌以及微软应该开始发售带有某种工具的手机，让我们能够在用餐时段禁止查看短信或者接电话或电子邮件。与此同时，我们也应该认识到，自己的习惯有可能会让那些我们关心的人感到不快，因此当你和一群人在一起时，记得把手机关机，将心思放在房内每个人的身上。

然后，我们还要考虑孩子。即便是对于很小的孩子，如果禁止他们使用计算机或者手机，也都很可能会造成破坏性的影响，让他们失去某些能力，因为我们的社会正处于技术进步的时代。尽管如此，家长还应该恪尽职守，鼓励孩子到外面去玩，同样，制造商也应该更加迎合孩子们的需求。他们应该考虑发售专为孩子们提供的廉价设备，并只需要为其配备一些轻量级的功能，也可再搭配上一些教育软件和游戏。①在这些青少年专用手机上，可以很轻易地开发一些精细的家长控制软件，允许监护人对手机的使用加以规范：色情内容当然必须禁止，而且在睡觉时间过后不能收发大量短信且不能浏览网页，等等。目前的主流智能手机只具备一些表现欠佳的家长控制功能，无法用于密切监控或者规范孩子的活动。（特别是 iPhone，其欠佳的家长控制功能几乎完全不能灵活地满足控制需求，只能允许家长启用或者禁用某些功能，而不能限定使用时间或者内容类型。）随着时代的发展，孩子们将需要得到永远在线的数据，才能出类拔萃，但是希望制造商能让我们控制孩子访问和使用数据的方式。

---

① 微软发售的 Kin 智能手机是一部面向青少年的设备，强化了有关 Facebook 的功能，但因为其数据流量费用过高，所以很快失败了，在上市几个月之后就停止了销售。

要说我们可以从各种"断开连接"的研究或者我自己的经历中学到什么，那就是我们都可以选择退出网络世界，但是这样做不仅会对我们自己，也会对别人产生负面影响。因此，我们不应该断开网络连接，而应该通过各种方式改善我们的连网生活。

无论尽了多大的努力，在我们的数字生活中有一部分是无法改变的。作为永远在线的参与者，我们相信那些寻求盈利的公司会负责任、讲道德地使用我们的数据，而这些公司能对我们的个人数据所做的事情几乎不受任何约束。例如，微软或者谷歌会如何利用人们在各个地方发布的照片呢？如果你的照片出现在某系列广告中，或者你做的某件不上台面的事情被写上了博客呢？而谁又敢说，那些比较小的，看起来清白的私人公司不会将我们的信息卖给大型组织，例如健康保险公司或者市场营销组织呢？如今，生产软件的公司对我们的了解已经达到了前所未有的程度，这是因为在用户不知道的情况下，越来越多的网站和公司对于用户活动和心理状态的了解正在不断加深。在这样一个世界里，公司将"任何事情、任何时间、任何地点"的体验发扬光大，个人隐私将不复存在，这根本由不得你选择。

# 第9章

# i 间谍：隐私终结者

没人能想得到克里斯·艾伦竟然成为了 2009 年《美国偶像》（American Idol，一档美国真人秀电视节目）的冠军，就连艾伦自己都没有料到。在这个系列电视节目的第八季中，电视中的专家们从头到尾都在极力地赞扬参赛选手亚当·兰伯特。他用他那"完美无瑕的"嗓音和饱受好评的表演让评委和观众看得眼花缭乱，甚至让评委宝拉·阿巴杜热泪盈眶。艾伦也不敢相信自己的成功。"对不起，我都搞不清楚自己现在的感受了，这太疯狂了，"听到自己赢得了冠军，他站在台上说道，"这感觉太好了，但是亚当才当之无愧。"

专家认为，艾伦是一支潜力股。直到半决赛环节，他所演绎的坎耶·维斯特的一曲《无情》（Heartless）才让评委们为之拍案叫绝。这场胜负可谓是千钧一发：在观众投出的 1 亿票中，艾伦以不到 100 万票的优势脱颖而出。

在这场比赛尘埃落定之后，一家名为 EchoMetrix 的公司开始吹嘘自己早在投票结果公布的半天前，就已经预测到了这匹黑马的夺冠。[①]鉴于美国偶像投票系统的无序性，要作出这样的预测是很困难的，因为在这一节目的半决赛环节，每当参赛选手表演时，观众都可以拨打电话或者发送短信进行投票。而在这期节目的最后，还有一次投票机会。在节目结束之后，有两个小时的不限次投票时间，观众可以不停地投票。那么，对于这匹全世界都不看好的黑马，这家名不见经传的

---

① Echometrix 公司，"PULSE 知道价值 1900 亿美元的青少年市场的趋势"（PULSE Is Tapped in to What Drives the $190B Teen Market），Marketwire，2009 年 6 月 29 日，http://www.marketwire.com/press-release/PULSE-Is-Tapped-Into-What-Drives-the-190B-Teen-Market-1010646.htm。

公司怎么能预见到其能夺冠呢？

答案很简单，他们监视了儿童。EchoMetrix 的秘密武器就是一款名为 PULSE 的软件。"因为 PULSE 能够查看私密的即时通信聊天，所以这种无与伦比的能力让它能够对青少年的想法作出前所未有的准确预测。实际上，PULSE 在投票结果公布前十二个小时就预测到了美国偶像会诞生一匹黑马！"EchoMetrix 在一场新闻发布会上表示。[①]

EchoMetrix 的历史非常独特。这家公司在 2004 年成立时名叫 SearchHelp（搜索帮助），销售一款名为 FamilySafe（家庭安全）的软件，可以让家长监控孩子的在线活动。5 年后，这家公司更名为 EchoMetrix 并发布了 PULSE，这一工具可以从数百万青少年的即时消息、聊天记录、博客文章等来源中收集各种各样的数据，让第三方市场营销人员更深入地了解当今的年轻人。正因为 EchoMetrix 掌握了如此丰富的信息，所以才能预测出美国偶像第八季的这位几乎不可能夺冠的冠军。该公司还利用 PULSE 跟踪调查其他的市场趋势，从而掌握了时局。比如，青少年谈论 iPod 的次数要比 Zune MP3 播放器多 13 倍，而有关 iPhone 的言论要比有关黑莓的多 4 倍。

自从被非营利性组织 EPIC（电子隐私信息中心）盯上后，EchoMetrix 就将凭借 PULSE 对美国偶像进行预言的新闻稿删除了。EPIC 根据事实进行了推断，最后认定 EchoMetrix 直接违反了有关儿童的因特网隐私法，因为它在未经家长允许的情况下收集未成年人的数据。该组织后来向 FTC（美国联邦贸易委员会）进行了投诉。[②]"EPIC 的投诉中描述了 EchoMetrix 收集在线数据对全美数百万儿童和青少年所产生的侵害，这些孩子全都不知道自己受到了监控，"EPIC 表示，"那些家长在无意中将孩子的隐私信息提交给第三方，任由他们以市场营销目的利用这

---

① Echometrix 公司，"PULSE 知道价值 1900 亿美元的青少年市场的趋势"（PULSE Is Tapped in to What Drives the $190B Teen Market），Marketwire，2009 年 6 月 29 日，http://www.marketwire.com/press-release/PULSE-Is-Tapped-Into-What-Drives-the-190B-Teen-Market-1010646.htm。

② 金伯利·阮（Kimberly Nguyen）和马克·罗滕贝格（Marc Rotenberg），"提请美国联邦贸易委员会就 Echometrix 公司：起诉、请求调查、申请禁令和其他救助"（Before the Federal Trade Commission in the Matter of Echometrix, Inc.: Complaint, Request for Investigation, Injunction, and Other Relief），电子隐私信息中心，2009 年 9 月 25 日。

些信息，所以家长也受到了伤害。" 2010 年 9 月，EchoMetrix 向纽约州政府支付了 10 万美元的罚金作为赔偿，承诺不再"与第三方合作，对他们所能访问的任何私人通信、信息或者在线活动进行分析或共享。"其中包括不再为第三方市场营销人员提供儿童的信息。[①]

利用青少年的私人信息来猜测美国偶像的冠军也许只是雕虫小技，但很显然，EchoMetrix 拥有的有关儿童的信息要比它所公布出来的多得多。我们可以想到，私人照片、有关性取向的对话，或者孩子们一般会在秘密日记里草草记下的任何事情，都可能在他们的掌握之中。

如果一家公司能够成功监控并销售儿童的私人信息，那么可想而知，我们还有大量的私人信息会被智能手机暴露。当我们走向未来之时，在这样一个永远在线的世界中，具有这种"洞察之眼"的公司将对男女老少的隐私造成越来越大的威胁。而我们随身携带的具有地理定位功能且永远在线的设备，例如 iPhone、iPad 以及 GPS 装置，则更具威胁。这些对于隐私会产生什么样的影响？我们如何才能确保自己的智能手机不会将我们的准确位置广播给他方呢？我们如何才能知道那些智能手机应用是否会把我们的每一个动作都拍摄下来，或者收集我们的个人数据，并将它们卖给市场营销公司呢？

在大多数情况下，我们都对于这些营利性的公司太过信任了，认为他们并不会做什么坏事，而这种想法可能太过天真。因此，为了审视在永远联网的未来中的隐私状况，我们就必须仔细剖析网络法规、主流技术公司的隐私政策，以及各种分析服务所采用的跟踪方法。

## 偷窥者

《沙龙》（*Salon*）的记者西姆森·加芬克尔（Simson Garfinkel）在坐飞机时注

---

① "与纽约 AG 达成协议，Echometrix 将支付 100 000 美元罚单，并停止不公正的行为"（Echometrix to Pay $100,000 Fine and Stop Unfair Practices in Settlement with NY AG），Epic.org，2010 年 9 月 17 日，http://epic.org/2010/09/echometrix-to-pay-100000-fine.html。

意到，他的笔记本电脑正试图连接因特网。他感到很奇怪，试着将电脑重新调回到离线模式，但没过多久，它又一次试图连网了。

在这种情况下，他作出了所有人都会作出的反应——重新启动。当加芬克尔看到同样的事情再次发生时，他就开始探究原因，并最终意识到是某款自己从未安装过的软件在尝试获取网络连接。更奇怪的是，这款潜伏的软件一直躲在 Arthur's Reading Race（亚瑟的阅读竞赛）中，后者是美泰公司（Mattel）开发的一款面向儿童的游戏，是加芬克尔买来教女儿学习阅读的。

当加芬克尔打电话给美泰公司询问这款软件时，他们的发言人说这款名为 Brodcast 的软件只是在后台运行，接收软件更新或错误修复。这听起来很有道理，但依然存在一个问题，那就是这款软件是在用户不知情的情况下安装的，而且也没有任何事实能够证明其活动的合法性。"虽然该公司在产品中嵌入 DSSAgent（一种在后台收发信息的应用）的目的的确完全符合他们的说法，但我们很容易看到技术可能造成多么大的麻烦，"在 2000 年 6 月的一期《沙龙》专栏中，加芬克尔写道，"只要有心，该公司就能够从你的硬盘中搜索出与之竞争的产品，然后大量地发送邀请让你购买他们的类似产品，或者利用这些信息进行竞争方面的研究。一旦拥有了这种能力，心怀不轨的员工就可能在不法行为中利用它，获取你的财务记录、信用卡号码，或者把儿童色情图片下载到你的计算机上。"[1]

十年过去了，加芬克尔这一颇有先见之明的预言才刚刚开始展现。人们经常将下面这个故事作为典型，警告人们技术对于个人隐私会造成多么大的危害。高中生布莱克·罗宾斯（Blake Robbins）和他的几个同班同学是耐人寻味的费城网络摄像头丑闻中的核心人物。2010 年 1 月，这些学生代表全班提交了一份诉讼，控告 Lower Merion 学区，宣称在由学校提供的笔记本电脑中秘密安装了监视软件，

---

[1] 西姆森·加芬克尔，"能够监视你的软件"（Software That Can Spy on You），《沙龙》，2000 年 6 月 15 日，http://www.salon.com/technology/col/garf/2000/06/15/brodcast。

而学校教工正利用它监视学生。①

在这一诉讼中，学生们宣称 IT 管理人员正利用监视软件，用网络摄像头拍摄照片，并且将他们的活动截图保存，从而监视他们在家中的一举一动。该学区否认了这样的说法，表示他们所安装和使用的 LANRev 监视软件只是用于追踪失窃或者丢失的笔记本电脑。罗宾斯的律师对此作出回应，他指出被监视的笔记本电脑既不曾丢失，也不曾失窃。

在这个消息传开了以后，Lower Merion 学区就宣布，他们暂时关闭了网络摄像头监视软件。FBI（美国联邦调查局）在 2010 年 8 月作出决定，不会控告该学区的管理层，因为相关人员存在犯罪意图还仅仅是个合理的猜测罢了，缺乏有力证据的支持。即便如此，罗宾斯的故事还是围绕着数字隐私突显出了一些惊人问题。由于因特网技术相对来说依然处于早期阶段，而且政府对于宽带事业的管理有些宽松，所以根据现有的法律，对任何人，甚至是未成年人，秘密进行远程拍摄的行为是否触犯联邦法律尚无定论。

尽管如此，费城的网络摄像头丑闻被认为处于法律的灰色地带，这令人大惑不解。不管罗宾斯的说法是否属实，Lower Merion 学区都承认这款隐藏的监视软件拍摄了大量的学生照片。根据 2000 年起生效的 COPPA（Children's Online Privacy Protection Act，儿童在线隐私保护法），这应该直接触犯了该法律。

儿童隐私法禁止任何公司收集 13 岁以下未成年人的数据，除非以书面信件、传真，或者电子邮件信息的形式与家长签订明确的许可协议。据一位名叫道格·杨（Doug Young）的宾夕法尼亚学区发言人称，Lower Merion 学区在发放笔记本电脑时，在学生为获取电脑所签订的合同中并没有对学生和其家人提到

---

① "罗宾斯等人起诉 Lower Merion 学区等人"（Robbins et al.vs.Lower Merion School District et al.），美国联邦宾夕法尼亚东区地方法院（US District Court for the Eastern District of Pennsylvania），2010 年 2 月 11 日。

这款跟踪软件。[①]实际上，在网上新闻报导机构所发表的一段有关 LANRev 的推广视频中，Lower Merion 学区的 IT 管理员迈克尔·庞贝克斯（Michael Perbix）还讲到，不希望这款监视软件被侦测到。庞贝克斯说："在控制别人的电脑时，你可不希望他们发现你在做什么。"他补充道："的确发生过几次这样的情况：我们以为失窃了的笔记本电脑其实还依然好好地呆在教室里，原因是它们被放错了地方，而当我们发现实际情况时，它们已经物归原处了，我就不得不把跟踪关闭。而且，你知道，我拥有教室里使用计算机的老师和学生的二十几份照片。"[②]

然而，虽然 Lower Merion 学区在学生不知情，或者未经家长同意的情况下，拍摄了学生的照片，这似乎触犯了 COPPA，但是在线隐私法案向来都是一个很大的漏洞，就算是涉及未成年人也是一样。例如，早在 2000 年《沙龙》的加芬克尔曾就 Brodcast 状告美泰公司，这家玩具公司反驳称，COPPA 对它的软件并不具有效力，因为该法律适用于网站，而非软件。即便如此，美泰公司在不久之后就开始在新产品中置入已升级的 Brodcast，它会在安装软件之前请求用户的许可。

既然 EchoMetrix 收集了儿童的个人信息，那么该公司就很可能触犯了 COPPA。有趣的是，美国国防部就根据 EPIC 的诉讼禁止 EchoMetrix 将它的软件销售给军方家庭。然而，FTC 却依然没有对 EPIC 的诉讼作出回应，也没有采取任何行动。人们怀疑合法的技术公司（或者学区）可能利用我们的信息进行任何与其所声明的目的无关的行为，而显然，FCC（美国联邦通信委员会）对这一可能性并没有作出任何回应。FCC 的网站笼统地表示，政府目前正关注网络威胁，防止恐怖分子入侵美国的网络。因此，就算我们有针对用户隐私，甚至是未成年人的法规，但它们都没有得到严格的执行。

---

① 美联社（Associated Press），"FBI 调查校园摄像头监视案"（FBI Probing School Webcam Spy Case），于 CBS 新闻上再发表，2010 年 2 月 19 日，http://www.cbsnews.com/stories/2010/02/19/tech/main6223192.shtml。

② 拉里·马吉德（Larry Magid），"摄像头监视：不仅仅是软件"（Webcams Spying: It's More Than Software），2010 年 2 月 23 日，http://www.cbsnews.com/stories/2010/0/23/eveningnews/techtalk/main6233519.shtml。

尽管对方保持沉默，EPIC 还是要求 FCC 对 COPPA 作出修订，根据新一代的技术（包括社交网站和有定位功能的智能手机）对其保护隐私的法规采取更强硬的措辞。EPIC 认为，这类技术进步正悄然对儿童隐私产生更为严重的威胁。"根据新的经营方式和最近的技术发展，例如社交网站和移动设备，对于 COPPA 法规的需求越来越紧迫。"EPIC 写道。①

社交网站，甚至是智能手机应用，的确为公司创造了新的机会，使之能在我们不知道的情况下获取我们的信息。就连谷歌公司的一名员工都因为故意侵犯隐私遭受了指控。2010 年 9 月，漫谈博客 Gawker（傻看的人）发表了一篇文章控诉前任谷歌工程师、27 岁的戴维·巴克斯代尔（David Barksdale），指责他偷看了 4 名未成年人的 Gchat（谷歌聊天）日志，窥探了他们的隐私。有人告诉 Gawker 的艾德里安·陈（Adrian Chen），巴克斯代尔实际上既骚扰女孩，也骚扰男孩，而在一起事件中，有个男孩拒绝向巴克斯代尔透露自己女朋友的姓名，于是这位工程师就通过这名少年的呼叫日志获取了他女朋友的信息，还威胁说要打电话过去。在另一事件中，巴克斯代尔还在与某位儿童聊天时私自粘贴了他人的即时消息。虽然这名少年曾尝试断开和这名工程师的通信，但巴克斯代尔非法地从 Gchat 的好友列表中解除了对自己的阻止。Gawker 随后通过电子邮件和巴克斯代尔取得联系，他承认了自己已被解雇，但拒绝对其原因作任何解释，他只说："如果你觉得我被解雇的事情可以上新闻的话，那你一定是听别人胡说八道了。"谷歌公司的工程高级副总裁比尔·考格拉姆（Bill Coughram）确认了巴克斯代尔因为"违反了谷歌内部严格的隐私政策"而被解雇，但没有对具体情况作出解释。②

在永远在线的时代中，有危险的可不仅仅是我们的私人数据。隐私的探头已经成功进入了世界上最喜欢保密的公司——苹果公司。

---

① 电子隐私信息中心，"2010 年儿童在线隐私保护法条例评论"（2010 Children's Online Privacy Protection Act Rule Review），FTC 文件编号 P104503，2010 年 7 月 9 日，http://www.ftc.gov/os/comments/copparulerev2010/547597-00061-54978.pdf。

② 艾德里安·陈，"Gcreep：谷歌工程师跟踪青少年，监视聊天记录（已更新）"[Gcreep: Google Engineer Stalked Teens, Spied on Chats（Updated）]，Gawker，2010 年 9 月 14 日，http://gawker.com/#!5637234。

## 数据挖掘机

2010 年 1 月 26 日，史蒂夫·乔布斯遭遇了一个令人不快的意外。他在看报纸的时候发现，苹果在库比蒂诺总部对 50 部平板设备进行测试的过程被一家名叫 Flurry（骚动）的小型新兴公司成功窥探了。被发现的平板设备就是 iPad，乔布斯正打算在第二天将它带到全世界的面前。

乔布斯意识到，在苹果工程师用来测试 iPad 的 iOS 应用程序中，被秘密嵌入了 Flurry 的分析软件。根据这些数据，Flurry 就能够确定这些设备从来没有走出过苹果公司的大门，而且所测试的许多应用都是富内容的图书和游戏。Flurry 推断，这些就是在苹果公司测试实验室中装配的平板设备。

在盛怒之下，乔布斯颁布了临时的大规模禁令，所有第三方分析公司都被禁止将软件植入 iPhone 和 iPad 应用。"他们让开发人员将软件植入应用中，然后他们的软件就不停地将设备本身及其地理位置等信息发回 Flurry。这就是他们探听我们秘密的方法，"乔布斯在一次公开采访时对《华尔街日报》的沃·莫斯伯格（Wall Mossberg）说，"没有哪位顾客需要这样的功能，它违反了我们给开发者制定的隐私政策中的一切规定，我们对此感到非常震惊。所以，我们发出了禁令，我们不能容忍这样的行径。这违反了我们的隐私政策，而且令人极为愤怒的是，他们居然发布和我们的新产品有关的数据。"[1]

这位苹果 CEO 表示，他的公司非常注重客户的隐私。很显然，乔布斯也同样注重保住自己的秘密。任何软件程序员都能够在应用中嵌入分析软件，从而了解在什么地方插入广告最合适，或者跟踪发现何种功能的使用最为频繁，以此决定投资的目标。然而，由于分析软件是不可见的且不需要获取用户的许可，因此我们就应该更加关注这些公司使用个人数据的方式是否合情合理。在 Flurry 的例子中，很显然，该公司已经跨越了底线。

---

[1] 彼得·卡夫卡（Peter Kafka），"苹果 CEO 在 D8 上的发言：完整、未剪辑的采访（和沃特·莫斯伯格与卡拉·斯维舍）"（Apple CEO at D8: The Full, Uncut Inerview (with Walt Mossberg and Kara Swisher)，《数字万物》，2010 年 6 月 7 日。

从苹果公司的隐私政策中可以看到，第三方分析公司不会被彻底检查。苹果得到了 TRUSTe 隐私项目的认证。TRUSTe 是一家独立的非营利性组织，负责审查公司的行为，确保它们不会滥用客户的信息。然而，TRUSTe 的政策中有一条显露了这种章程的不足："TRUSTe 只能审核我们的客户所收集与共享的信息。这些客户的商业伙伴如何使用信息则不在监控范围之内。"①

换句话说，TRUSTe 能够评估苹果公司的行为，但却无法监控那些在苹果平台上活动的第三方公司，比如 Flurry。因此，苹果公司修订了它的政策，有力地禁止了第三方分析服务胡作非为，只允许它们按照苹果的书面批准根据具体情况行事。

我有位名叫戴维·巴纳德的朋友，他是独立的 iPhone 应用程序员。他认为苹果针对分析公司的政策其真正目的是让苹果夺回控制权，主宰开发者与第三方访问和使用用户敏感信息的方法，从而保护苹果自己的产品。巴纳德指出，对于像 Facebook 和谷歌这样的公司来说，信息就是商品，信息越详细、越私密，其价值就越高。基于这个原因，相比谷歌和 Facebook，他更信任苹果公司：苹果是一家硬件公司，而不是一家数据公司，所以它的头等大事是设备以及设备带给顾客的体验。"如果苹果不这么做，不出一年，我们就会看到这样的情景：一位因顾虑自己外表而局促不安的女士低头看手机，映入眼帘的却是一则减肥产品的广告，里面有一名 41 岁的胖女人，顶着一头稀疏的金发，住在蓝色的房子里，还开着一辆黑色的福特金牛座。"巴纳德说道，"那位女士一定会吓得目瞪口呆。谁应为此负责呢？什么产品会因传播这种骇人广告被媒体骂得狗血淋头呢？"②

答案当然是 iPhone。巴纳德推理道，苹果有足够的动机禁止第三方侵犯客户

---

① "TRUSTe 常见问题"（TRUSTe Frequently Asked Questions），http://www.truste.com/about_TRUSTe/faqs.html#3rdparty。

② 戴维·巴纳德，"反竞争与可能的灾难"（Anti-Competitve AND Potentially Creepy），@drbarnard，2010 年 6 月，http://davidbarnard.com/post/684540619/anti-competitive-and-potentially-creepy。

的隐私, 因为它是一家硬件公司, 而不是数据交易商, 它只是希望人们能够继续购买 iPhone 而已。

巴纳德对 Facebook 的怀疑也并非毫无根据。虽然 Facebook 同样获得了 TRUSTe 的认证, 但这一荣誉勋章并没有阻止这家公司大规模监视公众的隐私。2010 年, 不断地有批评家指责 Facebook 网站中充斥了大量令人困惑的选项, 它们可能操纵用户分享更多的信息, 且这往往超出用户的本意。2010 年中期, EPIC 针对 Facebook 向 FTC 递交了一份长达 38 页的诉讼, 要求 Facebook 删除在 4 月中旬发布的新功能, 因为这些功能会强迫用户分享部分个人信息。[1]EPIC 所说的功能就是 Facebook Connect, 它允许用户使用 Facebook 凭据登录其他网站。在 Facebook 的一部分隐私政策中, 该网站承认当用户使用 Facebook Connect 访问 Facebook 应用程序或者其他站点时, 该软件会将用户的姓名、账户头像、性别、用户 ID、连接以及朋友都共享出去。用户无法拒绝将这些信息共享给那些网站和应用, 而且 Facebook 到底用这些信息做了什么, 无人知晓。

"Facebook 现在将个人信息透露给第三方, 而在此之前, 用户都不曾许可过这些第三方,"EPIC 在其控诉中说,"这些改变违背了用户的意愿、破坏了用户的隐私, 而且与 Facebook 声明自相矛盾。"不仅如此, 该网站越来越复杂的隐私政策每年都会变长, 到 2010 年就已经有 5830 字了——这比美国宪法还要长。[2]

面对来势汹汹的反对声音, Facebook 的 CEO 马克·扎克伯格在《华盛顿邮报》的嘉宾专栏中承认 Facebook "失误了"(当然, 他没有明确地道歉), 并称他

---

[1] 马克·罗滕贝格(Marc Rotenberg)、约翰·威尔第(John Verdi)、金吉尔·麦考尔(Ginger McCall)和维罗尼卡·路易(Veronica Louie),"提请美国联邦贸易委员会就 Facebook 公司: 起诉、请求调查、申请禁令和其他救助"(Before the Federal Trade Commission in the Matter of Facebook, Inc.: Complaint, Request for Investigation, Injunction, and Other Relief), 电子隐私信息中心, 2010 年 5 月 5 日, http://epic.org/privacy/facebook/EPIC_FTC_FB_Complaint.pdf。

[2] 吉伯特·盖茨(Guilbert Gates),"Facebook 隐私: 令人迷惑的各种选项"(Facebook Privacy: A Bewildering Tangle of Options),《纽约时报》, 2010 年 5 月 12 日, http://www.nytimes.com/interactive/2010/05/12/business/face;"起诉: Facebook 案"(COMPLAINT: In the Matter of Facebook), Epic.org, 2010 年 5 月 5 日, http://epic.org/privacy/facebook/EPIC_FTC_FB_Complaint.pdfbook-privacy.html。

们的网站将会发布一次重大的更新，简化隐私设置。①但即便 Facebook 更新了隐私设置，隐私问题依然是其饱受批评的主要方面。

接着谈谈谷歌。该公司甚至都没有成为获 TRUSTe 许可的成员。"谷歌网站的因特网活动对于客户信任的关注度并没有达到及格线，"TRUSTe 在一篇公开的博客文章中写道。②这家非盈利性公司解释说，隐私专家们共同制定了隐私活动的合理标准，而谷歌无法达标。例如，在 TRUSTe 的要求中，很重要的一项就是公司的网站要在主页上放置一个指向其隐私政策的链接。谷歌并没有这么做，不过倒是在其隐私政策中以非常含糊的言辞声明了，它声称会将用户的部分个人信息提供给第三方广告商："在某些情况下，我们会代表，或者根据第三方（例如我们的广告合作伙伴）的要求处理个人信息。"可见，巴纳德想象的那个骇人的广告很可能会成为现实。我们也许很快就会在谷歌生产的手机，或者谷歌建立的移动网站上看到这样一位开着黑色福特金牛座的 41 岁妇女。

实际上，谷歌在 2010 年承认其街景小车（在大街上转悠，拍摄照片供谷歌地图使用）错误地收集了开放无线网络所发送的数据样本，那时它受到了大规模的彻底调查。也许谁都不会对此感到意外。

像谷歌这样的大公司居然会犯这种低级错误，这是无论如何也说不过去的。这家搜索巨头承认，街景小车在 30 个国家中收集了 600G 流量的数据。"我们搞砸了。"谷歌的合作创始人谢尔盖·布林在 2010 年 5 月举办的谷歌 I/O 开发者大会上这样说道。该公司已经承诺将会删除错误收集的流量数据。

虽然有很多组织都努力想让政府澄清并强化相关法律，打击这些侵犯隐私的行为，但永远在线的技术其发展速度之快，使得事先制定的法律根本无法追上它

---

① 马克·扎克伯格，"来自 Facebook 的信，回应新设置的隐私问题"（From Facebook, Answering Privacy Concerns with New Settings），《华盛顿邮报》，2010 年 5 月 24 日，http://www.washingtonpost.com/wp-dyn/content/article/2010/05/23/AR2010052303828.html。

② "谷歌是否关心隐私和信任？"（Does Google Care about Privacy and Trust?），TRUSTe（博客），2008 年 5 月 30 日，http://www.truste.com/blog/?p=85。

的步伐。不仅如此，在政府颁布新的法律之前，早就有新的技术创造出了更多侵犯隐私的可能性。这一问题已经在手机使用上初现端倪。

## 搜查权依旧

想象一个场景，一位名叫菲尔的 22 岁奥克兰人驾车时闯了红灯，被警官拦了下来。一位警官走到了车窗旁边，觉得菲尔看上去很可疑，于是决定将他拘捕，因为针对闯红灯这一违法行为是可以采取拘捕手段的。在搜查菲尔的时候，警官在他的口袋里发现了一盒香烟和一部 iPhone。根据"先搜查后逮捕"的原则，就算没有搜查令，甚至没有任何合理的理由认为其中存在什么非法物品，警官都有权打开这盒香烟进行检查。不仅如此，根据同样的原则，警官也有权在没有搜查令的情况下检查菲尔 iPhone 中的内容。

根据南德克萨斯大学的助理教授亚当·葛修维兹（Adam Gershowitz）的说法，iPhone（在这种情况下也包括任何智能手机）可以被看做是一个数字的封闭容器，警官可以在逮捕过程中彻底对其进行搜查。原因就在于，虽然社会和技术已经在过去几十年里发生了翻天覆地的变化，但保护公民不受无理搜查和扣押的美国宪法第四修正案（Fourth Amendment）依然原封未动。

这已经不是什么新发现了。法庭早在多年前就将数字信息作为证据了，他们认为物理容器和含有数据的设备并没有本质上的区别。在 iPhone 面世之前，警官就已从传呼机和传统手机中获取信息，以此作为对抗犯罪的可靠证据。然而，有了 iPhone 这样富媒体的多合一便携设备，情况就发生了极大的变化。警官只需检查 iPhone，就能够合法地查看那些珍贵的个人信息。除了短信、联系人以及呼叫记录，iPhone 里面储存的照片要比传统手机更多，显示起来也更为清晰。不仅如此，第三方应用包含的数据有可能将一个人的生活经历和盘托出。

当然，iPhone 在抓捕罪犯的时候也许会很有帮助，但是如今携带智能手机的数亿人都会受到隐私泄漏的牵连。如果著名演员梅尔·吉布森（Mel Gibson）在开车时被警察拦下来拘捕了，那么警官就有可能查看他的短信和电子邮件，听取他的语音信箱，于是很快就会发现他是反犹太、反女权的人。被拘捕者的 iPhone Facebook 应用可能会泄漏一些信息，比如他正和办公室里的某位同事搞暧昧，或者某位政客是位同性恋，而他可能一直在保守这个秘密，不想让大众知道。因为这些人都不是罪犯，所以这些信息绝大多数都和任何犯罪行为无关，那他们也就不会被带上法庭受审，但是这些秘密总有可能会泄露，为众人所知。"在搜查与犯罪有关的信息时，警官不可避免地会接触极其敏感的个人信息，虽然这些信息根本算不上非法，然而却会令人非常难堪，"葛修维兹说道，"而这种令人难堪，但又与犯罪无关的信息在检举中很可能不会被采纳，但秘密被人发现会让人精神不安。此外，有时这些秘密会通过某种渠道被公开。"

自从 iPhone 于 2007 年发布之后，该根据宪法第四修正案采取什么样的方法来应对新技术一直都是法律学者争论不休的焦点。一种可能的方法就是限制警官检查手机的步骤。例如，让其只能采取 5 步行动：(1) 打开手机；(2) 启动因特网浏览器；(3) 打开浏览历史；(4) 打开一条短信；(5) 打开最近的第二条短信。另一种可能的方法就是将检查目标限制在与逮捕或者可疑行为有关的内容上。打个比方，如果怀疑一个人是毒贩，那么警官就有权启动短信应用，因为毒品交易往往是通过短信进行的。当然了，这两种方法的切实执行都有赖于警官的诚信，不过在警官对物理财产进行检查时，同样也有赖于诚信。

有些警官已经在利用从智能手机中获取的信息。我的朋友乔纳森·齐赛亚斯基是一位公共安全研究人员，他教授一门针对 iPhone 执法的数字辩论学课程。在他的研讨班里，齐赛亚斯基教导警官们如何破解 iPhone 来获取密码、绕过验证，并且将嫌犯可能试图隐蔽或者销毁的潜在证据恢复出来。

这些方法中有许多都利用了 iPhone 的安全缺陷。例如，iPhone 的一大特色就是每当切换到一个新应用程序时，它都会截取屏幕照片。用户最后一次活动的图片会被保存下来，当他再次启动退出的应用时当时的活动就会恢复。该设备创建截屏图片的另一个目的是在应用被关闭时产生收缩效果。只要通过一些聪明的破解技巧，齐赛亚斯基就能够成功取得所有秘密保存的图片，从而查看嫌犯试图删除的信息、访问过的网站等。"我对此真是又爱又恨，" 2008 年齐赛亚斯基在发现这一技巧时告诉我，"我希望苹果能够将这个漏洞修复，因为这会严重泄漏隐私，但与此同时，这对于调查犯罪案件又有很大的帮助。"[①]不过，在本文撰写之时，苹果公司依然没有修补这个安全漏洞。据齐赛亚斯基称，与此同时，一些 iPhone 安全缺陷被用来收集证据，以揭发强奸、谋杀或者毒品交易等罪行。但是我们却从来没有听说过这样的案例，原因很简单，还没有哪个法庭对于搜查 iPhone 的合法性作出过判决，因此这种行为是对是错尚不可知。

目前看来，宪法第四修正案还没有针对侵犯数字隐私作出任何改动。在这种情况下，通过 iPhone "将生活装进口袋" 有利也有弊。由于网站、智能手机应用以及分析公司几乎不受任何监管，而宪法第四修正案又毫无改进，因此 iPhone 就可能让某人在任何时间、任何地点访问另一个人的任何信息。

## 隐私真的如此重要吗

对于隐私的重要性，在哲学上众说纷纭。有一种思想流派认为，隐私已经再也没什么意义了。随着社交网站和智能手机应用的兴起，人们非常愿意将各式各样的个人信息传播到自己所到的每个角落。例如，FourSquare 是一家让人们分享所在位置的网站，人们可以在娱乐场所、饭店以及其他有趣的地方 "签到"。这家网站累计已有 1 亿次签到了。Twitter 是一个微博客服务，专门用于即时地向全世界公开发布信息。它是有史以来发展最快的平台之一，每个月都有 1.9 亿的常客。最后，Facebook 虽然因为对隐私的处理方式饱受诟病，但也已经积累了 5 亿多用户，他们每个月会分享 250 亿份内容。对于永远在线的人际联系，人们表现出了广泛的热情，这毫无疑问地证明人们愿意牺牲隐私，换取为他们的独特生活量身定做的服务。

---

[①] 布莱恩·陈，"iPhone 可以记录下你的一切行为"（iPhone Can Take Screenshots of Anything You Do），《连线》，2008 年 9 月 11 日，http://www.wired.com/gadgetlab/2008/09/hacker-says-sec。

也许，我们用隐私换来的这种丰富的个性化服务算得上一种"现代交易"。《华尔街日报》的编辑吉姆·哈珀（Jim Harper）在 2010 年 8 月的专栏文章中就表达了这样的观点。他指出，我们之所以能获得如此丰富、有用的数据，正是因为我们将部分个人信息用作了交换。哈珀简洁明了地总结道：

> 像谷歌这样的公司之所以将大把大把的资金投入免费服务，例如搜索引擎、Gmail（谷歌公司的电子邮件服务）、地图工具、谷歌论坛（Google Groups）等，是因为他们用个人信息换来了在线广告的盈利。
>
> 而且，这么做的并非只有谷歌。Facebook、雅虎、MSN（微软公司的门户网站）以及数千家博客、新闻站点，还有留言板，都利用广告来为自己提供资金支持。而个性化广告要比面向大众的广告更有价值。如果你很可能会使用他们的产品或者服务，那么市场营销人员就会愿意付出更多的资金将广告发布到你的眼前。（也许在线跟踪服务让每个人都变得独一无二了！）如果网络用户向网络提供的信息较少，那么网络向他们提供的信息也会较少。如果消费者拒绝使用个性化服务，那么即便免费内容没有完全消失，但也一定会减少。①

不管你对于隐私的立场如何，永远在线的生活方式总是有这样一个不可磨灭的副作用：无论如何，数据永存。独立网络开发者威尔·墨菲特（Will Moffett）开设了一家名为 YourOpenBook.org（意为"你的公开档案"）的讽刺网站，嘲笑 Facebook 的隐私漏洞。当你在访问 YourOpenBook.org 的时候，可以输入某个关键词，然后点击"搜索"，接着 YourOpenBook.org 就会显示出一张表单，里面列出了所有含有该关键词的 Facebook 公开状态更新。你只需用不同的关键词搜索几次，浏览一下这些状态，就能够发现有些用户可能还不知道自己分享了这么多的信息。比如说，搜索"我欺骗了我的丈夫"就能显露出那些公开承认有外遇的人。

---

① 吉姆·哈珀，"现代交易：网络用户有失才能有得"（It's Modern Trade: Web Users Get as Much as They Give），《华尔街日报》，2010 年 8 月 7 日，http://online.wsj.com/article/SB10001424052748703748904 575411530096840958.html。

而搜索与种族诋毁有关的内容，会发现一些人有极度的偏见，令人触目惊心。

墨菲特说，他设计 YourOpenBook 不仅是为了开 Facebook 的玩笑，也是要告诉大家一个信息：即便在这个数字时代隐私实际上已经不复存在了，但人们依然有权控制个人生活在网络上的公开程度。他认为，人们依然需要隐私。"犯了错误时，我们可以在私下里与朋友和家人商谈并反省，"他在一场会议上对我说，"如果没有隐私，那么犯错时，这些错就会伴随我们一生。我们该怎么反省错误，怎么继续前进呢？"[1]

也许我们已经放弃了数字隐私，但是我们依然有权控制其界限。《韦氏词典》中对于隐私的定义是"隐蔽之处"。在永远在线的世界中，通过软件窥探信息就如同灰尘穿过窗纱一样容易，我们正连接到别人的地方（如某公司的在线服务器），而与此同时，隐蔽就不存在了。在时新的在线环境中，也许只有当我们被肆意操纵并分享本不知会分享的信息时，才算发生了隐私侵害。当在线服务对他们处理数据的方法含糊其辞，甚至撒谎的时候，在线隐私的倡导者才会对其发起批评，而不是在线服务使用我们的数据时，因为这已经是家常便饭了。

也许，对于在线隐私我们应该学习亚米西人的态度。也就是说，我们应该问一问该如何利用这些技术，好让数据给予我们更多帮助，而非造成伤害。技术的确能够造成伤害。2010 年 9 月，一位名叫泰勒·克拉门提（Tyler Clementi）的罗格斯大学（Rutgers University）新生在寝室里和另一名年轻男子接吻了，而他的室友拉维（Dharun Ravi）通过网络摄像头偷偷地将此事拍了下来。"我的室友让我半夜之前别回寝室，"那天晚上，拉维在 Twitter 上写道，"我就跑到茉莉的房间里，打开了我的网络摄像头。我看到他正亲吻抚摸一个男子。哈。"据官方说法，拉维后来将这段视频传到了网上，给朋友们看。72 个小时之后，克拉门提在 Facebook 的留言墙上写下了一条令人不寒而栗的消息："我要从乔治·华盛顿大桥上跳下去了，对不起。"他就这样投河自尽了。

---

[1] 威尔·墨菲特 2010 年 5 月 27 日接受作者采访。

当我们在网络上不停地快速交换着信息时，有些人就忘记了社会界限。这很容易理解。我们毕竟从小就在不停地分享、分享，再分享，到底什么才是底线，谁都搞不清楚。我猜想，拉维以为他这样哗众取宠的行为只是一个恶作剧罢了，并非什么恶毒的行为，但是我们应该从他的错误中吸取教训：在大多数情况下，我们在分享那些可能本不该公开分享的东西时，很容易会伤害到别人，不管我们是将它分享给了朋友还是陌生人。在更新微博之前，我们同样应该三思而后行。

# 第*10*章

# 完美的前景

在亚历克斯·德勇（Alex Dejong）44 岁时，医生告诉他一个坏消息。他患上了脑瘤，视觉神经正受到压迫，而这将致使他失明。德勇绝望了。要是失去了视力，那他从一个独特的角度观看世界的天赋将被剥夺，作为摄影师的终身职业就将毁灭。

幸好，德勇的视力是逐渐下降的，所以他还有时间思考并适应自己的视觉障碍。一开始，他失去了周边视觉，只剩下了中央视觉。后来，在几次切除脑瘤的手术之后，一切变得暗淡了，德勇只能够感受到不同方向上的明和暗。

然而，一心一意从事摄影的德勇并没有准备放弃他的事业。他开始寻求高科技的帮助。德勇随身携带一部诺基亚 N82 手机，利用辅助软件将声音转换成脑海中的图像。这款叫做 vOICe（意为"声音"）的软件能分析手持设备的摄像头所检测到的光，根据亮度播放不同的声音，从而帮助视觉障碍者"看到"画面。在脑中构筑出周围环境的一幅画面之后，德勇就可以用他的佳能（Canon）和莱卡（Leica）数码相机拍摄照片了。

但是，还有一个问题。德勇看不到自己拍摄的照片，因此就无法查看并编辑。于是，他雇用了一位助手。后来，第三代 iPhone 的出现帮助德勇听到了自己看不到的东西。iPhone 带有一款名为 VoiceOver 的内置软件，不管用户的手指点在屏幕的什么地方，它都会将那里的文字读出来，包括电子邮件、网页、系统设置等。德勇为 iPhone 下载了两款照片编辑应用程序，分别是 CameraBag（相机包）和

TiltShift（倾斜转换），它们可以自动完成编辑任务，而且在 VoiceOver 的帮助下，他就能够进行相关操作，并且把照片上传到网站上了。

于是，德勇就这样——在诺基亚手机的帮助下"看"世界，在 iPhone 的帮助下编辑并在网上发布照片——重新成为了一名专业摄影师。"通过 iPhone 和许多人正在使用的大量摄影应用，我就能完成整个工作流程，而且在 5 分钟内就能搞定一切，"德勇告诉我，"在这一方面，iPhone 堪称一款非凡的礼物。它确确实实让我'看到了'世界。"①

就这样，德勇将软件和硬件组合起来，强化了他自己的心智能力，并克服了视觉障碍。换句话说，他利用数据扩展了对现实世界的理解。这是技术专家口中"增强现实"的一个很早的例子。在增强现实的未来中，数据将与物理世界天衣无缝地交织在一起，加强我们的日常感知，从而让我们拥有电子眼。永远在线的移动技术将带给我们"任何事情、任何时间、任何地点"的体验，并不可避免地会发展到增强现实的阶段，而这一前景才刚刚拉开序幕。

## 增强现实

当你在棒球场内穿过拥挤的人群时，数字眼镜的镜片上会显示出周围陌生人的姓名、籍贯以及兴趣爱好。你找到了自己的座位，将注意力集中在了棒球运动员的身上。这时，在你视野的角落出现了一个透明的滚动框，显示出了这名球员的体育生涯统计数据。有一个手托小吃盘的小贩在露天看台区兜售食品，当你看着那些棉花糖、热狗以及奶油爆米花的时候，在它们前面就会跳出一些小数字，显示出对应的价格。

虽然目前这还只是天方夜谭，但随着越发强大且以媒体为中心的手机的出现，人们正加速迈进增强现实的未来，到时候来自网络的数据将会和我们眼中的世界

---

① 布莱恩·陈，"拥有视觉障碍的摄影师利用小工具实现艺术之梦"（Blind Photographers Use Gadgets to Realize Artistic Vision），《连线》，2009 年 7 月 16 日，http://www.wired.com/gadgetlab/2009/07/blind-photographers。

重叠起来。软件开发者已经在为各种各样的智能手机创作增强现实的应用程序和游戏了，他们让手机屏幕显示出一个附加了额外信息的真实世界，例如地铁站入口的位置、房价，或者附近的人们所发表的 Twitter 信息。自然而然地，出版社、制片人以及玩具制造商正紧跟这一新生技术，力求让广告离你越来越近。"增强现实是计算机的终极界面，因为我们的生活正变得越来越移动化，"加州大学圣巴巴拉分校（UC Santa Barbara，以下称 UCSB）的计算机科学助理教授托拜西·霍勒尔（Tobias Höllerer）说，他也是该校增强现实项目的带头人，"我们正离桌面电脑越来越远，但计算机处理的信息在物理世界中得到了更多的利用。"[1]

技术专家鼓捣增强现实已经有数十个年头了。飞机制造商波音公司的研究人员汤姆·考戴尔（Tom Caudell）在 1990 年发明了"增强现实"一词，[2]用来描述一种头戴式数字显示器，它可以指导工人安装飞机机体中的电线。人们对于增强现实的早期定义是介于虚拟现实和物理现实之间的，将数字虚拟物融入到真实世界中，以此强化我们的感官。[3]

将数据融入日常生活，借助智能手机的出现已经取得了重大的进步，而且还在不断发展中。未来学家和计算机科学家不断提升着对于完美的增强现实的追求。霍勒尔梦想着，某一天增强现实能够不再依赖于预先下载的模式，而能直接产生数据。也就是说，他希望当把手机对准某个完全陌生的城市时，它能够实时下载周围的数据，随时将这些信息输出给用户。他和他在 UCSB 的同事将这个想法称为"全球增强"（Anywhere Augmentation）。

但霍勒尔告诉我，我们还有很长的一段路要走（也许要好几年），然后才能实现"全球增强"。软件和硬件的局限性阻碍了增强现实的实现。在硬件方面，手机

---

① 布莱恩·陈，"如果你没看到数据，那你就是没看见"（If You're Not Seeing Data, You're Not Seeing），《连线》，2009 年 8 月 25 日，http://www.wired.com/gadgetlab/2009/08/augmented-reality。

② 戴维·米泽尔（David Mizell），"波音公司的线束组装项目"（Boeing's Wire Bundle Assembly Project），*Fundamentals of Wearable Computers and Augmented Reality*，伍德罗·巴菲尔德（Woodrow Barfield）和托马斯·考戴尔（Thomas Caudell）编辑（新泽西州莫瓦，Lawrence Erlbaum Associates，2001）。

③ 罗纳德·阿祖马（Ronald Azuma），"增强现实调查"（A Survey of Augmented Reality），休斯研究实验室（Hughes Research Laboratories），1997 年 8 月，http://www.cs.unc.edu/~azuma/ARpresence.pdf。

需要有极其强劲的电池续航时间、计算能力、摄像头和跟踪传感器，而在软件方面，它需要更为复杂的人工智能和三维建模应用程序。尤为重要的是，这一技术的价格必须足够低。凭借当今的技术，要生产一部真正实现全球增强现实的设备，最低也要大约 10 万美元的成本。

然而，增强现实的许多热衷者已经开始行动了。针对顾客的基本需求，软件开发者正在集中注意力开发智能手机应用，力求帮助我们强化对真实世界的感知。例如，一家名为 Layar 的阿姆斯特丹公司为 Android 智能手机和 iPhone 制作了一款增强现实的浏览器。Layar 浏览器通过手机的摄像头观察周围环境，接着该应用会显示出待售的房屋、饭店、商铺以及旅游景点。该软件依靠的是下载的数据"层"，它们都是由第三方开发者为该平台编写的。因此，虽然这些信息看起来是实时显示的，但其实并非实时的：该应用无法对没有事先下载的数据进行分析，所以从某种意义上讲，这算是预增强的现实，还远不够全面，即缺少世界上没有被记录成"层"的地方。

据 Layar 的 CEO 雷默·范德克林（Raimo van der Klein）称，增强现实不会限于视觉方面。他希望应用程序能够不仅增强视觉，还能增强身体的其他感知。"想象一下，不管你的朋友们在哪里，耳机中都会传出提示信息，或者运动鞋都会发出相应的振动。"范德克林对我说。[1]

在谷歌 Android 手机上，有一款名叫 Recognizr 的应用，它实现增强现实的方法就有些奇怪了。这款软件的设计目的是，你只要给别人拍照，就能识别出这个人的身份。Recognizr 应用是由瑞典公司 Astonishing Tribe（惊人部落）开发的，利用识别软件创建人脸的三维模型。接着，它会将模型发送到服务器上，和数据库中储存的图像进行对比。在线服务器会进行面部识别工作，然后发回已识别对象的名字，接着还会为用户提供一个指向已识别对象的社交网络档案的链接。然而，目前 Recognizr 只能够识别储存在数据库中的少量档案。不仅如此，要想鉴定

---

[1] 雷默·范德克林 2009 年 8 月 20 日接受作者采访。

并识别出任何一个人，智能手机芯片和宽带网络就必须变得更快更强，才能通过网络在数十亿张照片中进行筛选，因此我们很可能要等待好几年才能在消费市场上看到功能完善的此类产品。尽管如此，这个例子让我们感受到，在数据融合的将来有着许多激动人心的东西。[①]

有研究人员正集中精力使用增强现实强化技术业界赚头最大的一个行业——游戏业。例如，佐治亚理工学院的增强环境研究室（Augmented Environments Lab）已经制作了一款名叫 ARhrrrr 的增强现实僵尸射击类游戏。这款游戏需要玩家将手机的摄像头对准一张带有标记的地图，接着在手机屏幕上会显示出一个被僵尸占据的城市的三维全息图。玩家可以从直升机飞行员的视角，用手机射杀僵尸。更有意思的是，玩家甚至可以将（真实的）小木桩放置在那张地图上，在虚拟世界中射击它们，产生虚拟的爆炸效果。[②]

当然，市场营销公司绝不会错过这样的机会，它们会使用弹出广告极力获取我们的注意力。例如，科幻巨作《第九区》（District 9）在宣传时就利用了增强现实。在该影片的官方网站上有一个"训练模拟器"游戏，不过玩家要想进入该游戏，必须先打印一张带有《第九区》标志的明信片，然后将它对准网络摄像头。这张明信片上带有一个标记，一旦游戏在网络摄像头拍摄的视频中检测到了这个标记，就会在计算机屏幕上呈现出一个《第九区》角色的三维全息图。接着，玩家就可以用鼠标和键盘控制游戏中的角色拔枪射击、上下跳跃，或者把敌人摔到墙上去。[③]

然而，霍勒尔说增强现实在静态桌面环境中没有多大实际用处，因为人们实际的日常生活并不只是坐在电脑前面度过的（至少在工作之外是这样）。这就是为什么带有 GPS 设备和摄像头的智能手机在推动增强现实的演化时至关重要。

① 布莱恩·陈，"增强现实应用利用摄像头辨认陌生人"（Augmented Reality App Identifies Strangers with Camera），《连线》，2010 年 2 月 24 日，http://www.wired.com/gadgetlab/2010/02/augmented-reality-app- identifies-strangers-with-camera-software。

② ARhrrr!，增强环境实验室，http://www.augmentedenvironments.org/lab/research/handheld-ar/arhrrrr。

③ 卡伊·吕斯达尔（Kai Ryssdal），"第 9 区创造增强现实"（District 9 Creates Augmented Reality），美国公众媒体市场（American Public Media's Marketplace），2009 年 8 月 14 日，http://marketplace.publicradio.org/display/web/2009/08/14/pm-district-9-q。

Ogmento 是一家为游戏和市场营销制作增强现实产品的公司，其合作创始人布莱恩·塞尔泽（Brian Selzer）对增强现实移动化的需要深有体会。他表示其公司正致力于数个项目，它们可在不久之后利用增强现实的智能手机应用协助主流影片的市场营销。例如，影片海报会触发人们在 iPhone 上的交互行为，比如播放预告片，甚至进行一场虚拟的寻宝行动，以此实现影片的推广。"现在，智能手机正将 AR（增强现实）融入人民大众，"塞尔泽说，"每一部大手笔影片都将捆绑一场移动 AR 营销行动。"①

"我们正尽己所能利用现有的技术，"塞尔泽在讨论总体的增强现实开发者社区时补充道，"这一行业才刚刚开始，随着发展速度逐渐加快，有创意的人们逐渐加入，我们相信在接下来的几年内，这一平台将被广泛采纳与融合。"

在永远在线的移动未来中，能够实现"任何事情、任何时间、任何地点"体验的现象将最终实现理想的增强现实。一旦移动技术呈指数发展，不断强大，从智能手机发展为可携带的，数据就将不可避免地强化我们的日常感知。这将会改变一切，包括我们工作和交往的方式。

## 数据服饰

为了探索人类历史的秘密，考古学家钻入了地下，研究每一地层。这种过程从本质上讲是破坏性的，无法从物理形式上进行重现，于是考古学家就用图表、笔记以及三维模型记录他们的发掘，而这是一项艰难的任务，因为每位团队成员通常只在某个特定区域作业。

史蒂夫·菲纳（Steve Feiner）是哥伦比亚大学的一名计算机科学教授，早在 20 世纪 90 年代便开始引领最早期的增强现实技术。②他最近的一个项目是 VITA（Visual Interaction Tool for Archaeology，考古学虚拟交互工具），这一系统具有一

---

① 布莱恩·塞尔泽 2009 年 8 月 20 日接受作者采访。

② 赫尔沃耶·本科（Hrvoje Benko），"考古挖掘的协同具象化"（Collaborative Visualization of an Archeological Excavation），哥伦比亚大学，http://graphics.cs.columbia.edu/projects/ArcheoVis。

个硕大的头戴式显示器，用于展示三维地形数据和内嵌的多媒体信息，并且可以和有定位功能的手持显示器、高清显示器以及多点触控的投影桌面进行交互。这些设备协同工作，让考古学家能够对整个挖掘现场进行虚拟勘探：有一个模式可以让用户观察特定地点的各个地层，而另一个"微世界模式"则能够将整个挖掘现场显示成一个小尺寸的虚拟模型，从而方便使用者观察不同地层之间的空间关系。简而言之，VITA 允许考古学家们协作探讨并分析挖掘现场的数字重构模型，将其与他们的物理分析结合起来。

类似于 VITA 的设备可以为许多行业提供方便。在建筑工地上，建筑师可以将三维模型显现在眼前，从而规划出前所未有的新颖结构。维修工在进行高难度任务，例如为了堵住 BP（英国石油公司）的漏油，可以边观察破损现场边计算出需要修复的位置。戴着头盔的技师能够根据头盔显示的汽车内部三维模型以及一步一步的指示，准确地知道该如何调整每一辆汽车。这样的例子实在是不胜枚举。

然而，2004 年开发的 VITA 只是一款原型设备，其硬件笨重，市场化能力也不高，因此它不太可能在短时间内实现商业化。和霍勒尔对于智能手机缺点的担忧形成呼应的是，菲纳强调，如今移动设备必须克服许多挑战，然后才能让增强现实实现商业化。首先，如今具备 GPS 的智能手机的定位还不够准确，不同的时间和地点，甚至不同的陀螺仪、磁力计和加速度计，都可能导致智能手机在进行"精确定位"时产生多达几十米的误差。而且，相比摄像机的视野，智能手机的屏幕尺寸就显得太小了（例如，iPhone 的屏幕为 3.5 寸）。基于这个原因，对于如今智能手机的增强现实应用（例如 iPhone 上的 Yelp 应用），当用户将摄像头对准某个地点时，手机在重叠显示相应数据时有可能发生极大的偏差。正因为这些缺陷，现如今的增强现实应用还只算是种新奇事物，谈不上什么实用性。

不仅如此，在进入主流市场之前，增强现实需要增强时尚感。目前最先进的眼镜依然非常丑陋、笨重，而且戴起来不舒服。就算是智能手机，你要是走到哪里都通过它来观察周围世界，也依然会遭到许多人的白眼。"每当我掏出手机展示（增强现实）的时候，我太太都会向后退两步，假装不认识这个举着手机到处走的疯子。"菲纳说道。

虽然指出了许多不足，但菲纳还是非常乐观，他认为 2011 年将是一个新时代的开始，主力消费者将会用上功能丰富且实用性强的增强现实设备。他之所以信心满满，是因为智能手机已经小了许多、轻了许多、便宜了许多，而且相比他在 1996 年创造增强现实应用程序时所鼓捣的大部分技术，其性能也已经变得更加强大了。根据目前技术进步的速度，增强现实可能会在接下来的十年里以势不可挡之势进入大众市场。

菲纳预言，第一款实用性强的消费级增强现实应用设备将会是一种可穿戴的轻型电脑，它能够显示简单的数据——文本。例如，一副增强现实眼镜可以成为一台随时显示内容的隐形讲词提示器。这样的设备可以让教授在讲座中播放幻灯片时保持和听众之间的眼神交流，让学者在讨论研究时不必前后翻阅成叠的文件，还能让记者在进行采访时将资料信息显示在视野之中。总的来说，提供"任何事情、任何时间、任何地点"体验的讲词提示器有很大的潜力，能够提升我们在真实世界中行动的能力。

有了增强现实的应用和提供"任何事情、任何时间、任何地点"体验的技术，我们对智能和智力的传统定义显然会改变。一旦增强现实发展成熟，光有 2.0 的视力还算不上一对好眼睛：如果我们看不到数据，那就等同于什么也没看见。

## 活生生的机械人

赛德·斯达纳（Thad Starner）教授在将近 20 年的时间里，一直在左眼前戴着一块计算机屏幕。[①]这块 640×480 像素的眼部显示器和一台具有 Wi-Fi 功能的超便携 PC 连接在一起，后者就塞在他肩挎的背包里。斯达纳在口袋里揣着一支智能手机，以便在需要时连接无线网络。他还带着一副名叫 Twiddler（意为"旋转"）的单手键

---

① 杰基·芬恩（Jackie Fenn）和戴维·麦考伊（David McCoy），"可穿戴的计算设备先锋赛德·斯达纳"（Wearable Computing Pioneer Thad Starner），*Gartner*，http://www.gartner.com/research/fellows/asset_196289_1176.jsp。

盘，让他能以平均每分钟 70 字的速度进行输入。如今真正做到永远在线的热衷者寥寥无几，斯达纳当之无愧是其中之一。对他而言，数据就如同空气般重要。

在接受高德纳研究中心（Gartner Research）的采访时，斯达纳表示早在自己还是麻省理工学院的大学本科生时，就渴望这样的生活方式了。当时，他每年要花 2 万美元的学费，却几乎一点都记不住在课堂上所学到的东西。他可以在听讲座的时候记笔记，但是这样他就不能将注意力集中在教授身上了。所以，对他来说，如果能将记笔记的系统嵌入到眼部显示器中，会是个很有效的办法。除了学术上的目的，斯达纳还把这套头戴显示器运用在其他各种地方。当他和朋友或者同事聊天时，他能够看到眼前投影出的所有聊天记录，因此不会犯答非所问的错误。在佐治亚理工学院的教职工会议上，其他同事经常会让他发送与刚作出的决议相关的资料信息电子邮件。

因特网在某种程度上已融入了斯达纳的日常行为。他学会了边组织句子，边快速地搜索合适的信息，补充在句子后面。打个比方，要是有人问斯达纳："谁是亨利三世的第一个儿子？"斯达纳就会回答："我认为是……"与此同时，他用谷歌搜索到了答案，接着说："英格兰国王爱德华一世。"

"把谷歌装进眼睛里实在是太强大了，"他说，"我不仅利用穿戴式的计算机强化了我的交流能力，也提高了我自己的思维能力和智力。"

但是，为什么显示的是笔记，而不是视频呢？斯达纳指出，原因在于你无法通过简单地输入某个关键词或者说出一个短语来加载特定的影片画面，所以视频是搜索的软肋，而且视频占用的内存实在太大了。另外，尽管他一直在利用笔记，但斯达纳说他的记忆力实际上却变得更好了。他将之归功于在应对环境时自己记录笔记的方式。一般来说，在交谈时我们就是听对方说话，仅此而已。但是，人类的记忆力在于重复，所以当斯达纳在交谈时，他在听，也在将听到的内容记录成笔记，而且还能在记录更多笔记的同时看到所记的内容，这样就重复了 3 次。

虽然斯达纳的穿戴式计算机有许多好处，但同样也存在一些害处。当然了，他已经成为了人们口中谈论的那个把电脑戴在面前的风云人物了。这也给他带来了一些糟糕的社交困境。举个例子，有一次斯达纳走在街上，有个陌生人问他时间。他立刻转向他说"3:53"，接着就马不停蹄地走了。但是，"那个人感到非常生气，"斯达纳说，"他追上我，一脸怒气地问我：'你怎么知道的？'他们还以为我是随口骗他们的，因为我没有低头看手表就说了一个时间。我就说：'这是一台计算机显示器，时间就显示在我的眼睛前面。'"

尽管如此，斯达纳还是相信，当人们习惯了通过 iPhone 和黑莓手机这样的设备享受永远在线的生活方式，穿戴式计算机迟早会变得廉价且被社会接受。他希望，未来我们可以因为数据能够顺畅地融入我们的思维而获得类似超感知的能力。

斯达纳的穿戴式计算机可以让我们对增强现实远大的未来有些许了解，并引出了许多问题。如果你看任何东西，眼前都会立刻出现详尽的数据，那么我们该如何定义"知道"呢？在 Layar 应用的例子中，一个人可能平生第一次到达某个国家，而他只要将手机的摄像头对准一家饭店，就能"知道"它在人们的眼中是不是家好饭店。再进一步想象一下，这样的应用程序如果再成熟一点，就可以增强我们观察一切事物的能力，比如将你的手机对准一辆车，立刻就知道它的生产年代，或者扫描一座著名的纪念碑，立刻就知道这段历史的一些关键事件。因此，如果我们随身携带这样的通用型设备，那么记忆就不再那么重要了。

另一个主要问题就是，智力该如何定义？传统上，我们将一个人的智力定义为快速而准确地领会信息的能力。然而在斯达纳的例子中，永远在线的眼部显示器让他进行因特网搜索的速度得以媲美其思考的速度。因此，有了数据的帮助，任何人在解决问题或者学习新信息时都有了相同的优势。每个人都因此能够访问极其丰富的信息，所以知识再也不是什么优势了。由此看来，我们对于智力的传统观念也必将发生变化。

也许，在永远在线的世界里，聪明人将会被定义为信息的管理者，而不是积累了大量知识的人。在这种情况下，最聪明的人很可能就是那些最善于筛选出高品质的准确数据、摒弃垃圾信息的人。虽然《浅薄》一书的作者尼古拉斯·卡尔和许多对网络持怀疑态度的人认为因特网可能正在让我们变笨，但是，也许我们换一个角度来看待这个问题，就会发现智力的定义正在发生变化。即便我们的大脑真的会因此改变构造，但有了无所不在的数据，我们也会前所未有地强大。"我不知道人们会不会变得更聪明，但是我认为将会发生许多令人惊喜的事情，让人们的社交智商得到提升。"菲纳说道。

最后，还有一个问题不可避免地会被提到：在换取这种高度个性化的技术时，我们付出了什么？答案很显然，就是个人信息，而为了实现增强现实，我们付出的数据将不仅仅是文字和数字那么简单，我们还要将所到之处的照片与世界分享。

## 无所不在的眼睛

在 2009 年的总统就职典礼上，CNN.com 邀请公众拍摄巴拉克·奥巴马宣誓时的照片，并将其提交到网上。CNN 收到了 600 张从不同角度和距离拍摄的照片，然后将它们拼合在一起，为这一事件创建了一个显示效果极佳的三维模型。[①]放大了，你能看到奥巴马在宣誓，缩小了，你能通过长镜头看到整个人群。转一转角度，你又仿佛置身其中，正扭头观赏美国国会大厦。

为了生成三维全景图，CNN 使用了 Photosynth（意为"照片合成"，这是华盛顿大学和微软公司的一个合作项目）。Photosynth 能分析对同一地区拍摄的多张照片，检测每一张照片中的特征，从而确认同一物体出现在哪几张照片中，比如，话筒的侧面或者讲台的正面。接着，在分析了不同特征的角度和距离之后，该软件就可以给每一件物体生成"点云"（point cloud），确定它们之间的相对位置关系。最后，该软件就能够将照片拼合成一幅三维全景图。

哥伦比亚大学的菲纳认为，Photosynth 或者类似的技术将会弥补当今智能手机在定位方面的缺陷，帮助增强现实进入主流市场。他的想法是，如果能够从无

---

① "第 44 任总统：就职典礼"（The 44th President: Inauguration），CNNPolitics，http://www.cnn.com/ SPECIALS/2009/44.president/inauguration/themoment/。

数人那里收集同一物体的大量照片，那么我们就能将它们拼合成不同位置的模型了。手机上传的每一张照片都含有照片拍摄地点的 GPS 坐标信息，一旦在某一地点所拍摄的照片数量足够多，那么增强现实应用程序就有可能通过三角定位法测量出用户的精确位置。若想要得到自己的精确位置，你只要拍一张照片就行了。

除了微软公司，谷歌公司也同样下定决心利用照片提供精确的位置服务。该公司已经推出了谷歌地球（Google Earth）和谷歌地图（Google Maps），提供卫星照片和谷歌的街景小车（Camera Car）所拍摄的街景照片。除此之外，这家搜索巨头正在测试谷歌图片搜索（Google Goggles），其目的是让用户能够通过拍摄的照片进行搜索。只要给饭店、图书、DVD 等拍一张照片，用户就能够得到所拍照片的谷歌搜索结果。与此同时，我们将照片分享给了谷歌公司，如果这些照片被储存在数据库中，那么谷歌就同样能够利用照片中的 GPS 坐标和三角定位法确定智能手机的准确位置。

这种基于照片的位置服务还需要非常多的时间加以改良，但对于如今智能手机糟糕的定位能力而言，这是一个可行的办法。这样一来，就会有应用程序根据我们所在的准确位置将数据发送过来，从而部分地实现"全球增强现实"之梦。然而，其缺点也很明显，即人们无论走到哪里，都要不停地拍照片，这就会构筑起一个实时的数字世界模型，也构筑起一个充满了观察之眼的社会。这很可能会让那些关心隐私的人们焦虑不安。菲纳说，人们已经适应了例如 Yelp、Facebook、FourSquare 和 Twitter 这样的社交网站，可见这样的未来也并不遥远了。上亿社交网络用户已经在公开发表他们所在的位置、所做的事情和就餐的地点了。"我们正回到那个欧洲小镇的时代，一些老婆婆坐在屋外，晒着太阳，看着街道，只要发生什么怪事，她们就会报警，"菲纳说道，"曾经人们很喜欢这样的生活。也许过些时候人们又会习惯这样的生活。"

如今有数百万人随身携带智能手机，我们似乎已经习惯了这样的现代交易：放弃隐私，放弃控制权，放弃部分自由，换取"任何事情、任何时间、任何地点"的体验。我们要想永远在线，就非得这么做不可。

# 版 权 声 明

站在巨人的肩上
Standing on Shoulders of Giants

www.ituring.com.cn

站在巨人的肩上
Standing on Shoulders of Giants